MARGARET RING

LE COLLIER MAUDIT DE TOUTANKHAMON

Traduit de l'anglais
par Philip Whale

L'Inspecteur Buckingham

ÉDITIONS DU ROCHER
Jean-Paul Bertrand

Titre original : Fatal Necklace

ISBN 2-268-01988-8

1

L'inspecteur Buckingham ne pouvait rctenir une légère excitation en se rendant ce vendredi 12 novembre à l'appartement de la reine. Le spectacle qui l'y attendait devait être si extraordinaire !

Le matin même, son supérieur, le major Ronson, chef du Royal Protection Group, lui avait annoncé : « C'est aujourd'hui la grande revue de fin d'année des bijoux de la cassette royale, inspecteur Buckingham, et je vous ai désigné pour y assister. »

Le major avait comme chacun au palais pris l'habitude de n'appeler John Smith que par son sobriquet d'« inspecteur Buckingham ». On le lui avait donné lorsqu'il s'était targué de descendre du duc de Buckingham par les femmes. C'est ce que l'on racontait, de tradition, dans sa famille. Il n'avait pas résisté au plaisir un peu vaniteux de l'annoncer au Maître de la Maison de la reine lorsqu'il avait été recruté, avec d'autres anciens de Scotland Yard, comme détective du Royal Protection Group, le service de sécurité de la reine et de sa famille. Le prince Andrew en l'apprenant lui avait aussitôt donné ce sobriquet d'« inspecteur Buckingham ». Ironique au départ, il était bientôt devenu familier puis affectueux. Que serait-on devenu à la cour et dans la famille royale sans l'inspecteur

Buckingham, qui dénouait tant d'intrigues crapuleuses et d'affaires criminelles, voire franchement fâcheuses ?

La reine avait pris en affection particulière l'inspecteur Buckingham. Il ne douta pas que ce fût elle qui l'eût choisi pour assister à cette fameuse « revue des bijoux » qui avait lieu chaque fin d'année au début de novembre. La vieille habilleuse de la reine, Mrs Helen Mac Lohan, tirait les bijoux de leur coffre-fort et les étalait sur une immense table à tréteaux dressée dans le salon de l'appartement royal.

En présence d'un membre du Royal Protection Group, du secrétaire privé de la reine, Sir Robert Bellington, du vicomte Hannibal Chesterfield, Gardien de la cassette privée, et de la digne Mrs Mac Lohan, un huissier dressait alors l'inventaire des pièces.

Cette procédure avait été décidée par la reine en 1985, lorsque Mrs Mac Lohan avait constaté, en mettant de l'ordre dans les cassettes qu'elle avait tirées du coffre-fort, qu'un étui de cuir contenant des pierres précieuses en attente de montage avait disparu. La reine en avait été profondément affectée. Ce lot de pierres, toutes exceptionnelles, valait au bas mot cinq cent mille livres. Scotland Yard avait pendant quatre mois passé au peigne fin le personnel de Buckingham et tous les receleurs de Londres. En vain. Rien n'était plus facile que d'écouler des pierres brutes. D'autant qu'elles avaient pu être volées des semaines, voire des mois avant qu'on ne fût avisé de leur disparition. Ce qui avait pu laisser au voleur tout le temps de les négocier discrètement. Cette constatation avait décidé la reine à faire procéder au moins une fois l'an à l'inventaire officiel de ses bijoux.

L'inspecteur Buckingham fut presque ébloui en pénétrant dans le salon de la reine, tant les joyaux étalés sur la vaste table lançaient d'éclats de lumière.

Il y avait là, côte à côte, vingt diadèmes au milieu desquels brillait la « Frange russe », le favori, constitué de petites barrettes de diamants. À côté, un autre diadème, tout en volutes de diamants couronnées d'émeraudes, qui avait appartenu à une grande-duchesse russe. Plus loin la tiare dite

« de bonne maman », qui avait été composée par le bijoutier de la reine Mary, en mêlant somptueusement rubis, émeraudes, diamants et perles. Au centre de cette parade de diadèmes, celui de la reine Victoria, tout en saphirs.

L'inspecteur Buckingham s'approcha discrètement pour contempler « l'Œuf de canard », un des plus gros diamants du monde, tribut de l'Afrique du Sud à Sa Majesté, les saphirs offerts pour son mariage par l'empereur du Japon, le collier de quatre-vingt-seize rubis, cadeau de la Birmanie, et la rivière de diamants, hommage du roi d'Arabie Saoudite.

L'extraordinaire diamant rose, connu sous le nom de Willamson Pink Diamond, valant plus de deux millions de livres, jetait sa lueur délicate et raffinée au milieu de ces joyaux fantastiques. Ce diamant de vingt-trois carats avait été découvert par le Canadien John Williamson, propriétaire d'une mine en Tanzanie. Il l'avait trouvé si beau qu'il ne l'avait jugé digne que d'orner une poitrine royale. Il l'avait donc fait monter en broche avant de l'offrir à la princesse Élisabeth à l'occasion de son mariage avec le prince Philip d'Édimbourg.

La collection d'émeraudes était groupée à droite sur la table. Les experts du joaillier américain Harry Winston l'estimaient à plus de six millions de livres. Au milieu de cet océan vert, fulgurait la parure offerte en 1911 à la reine Mary lors du Dehli Durbar.

Le gros des bijoux était formé par les cadeaux envoyés depuis des siècles à la couronne britannique par les radjah et maharadjah et les émirs du Moyen Orient. Le plus étrange était un palmier d'or d'où pendaient des fruits en lapis-lazuli, don du cheikh de Dubaï.

Sur le bord de la table étaient alignés comme pour une charge militaire une douzaine d'éléphants du joaillier français Fabergé, en or et émaux.

La valeur totale des bijoux avait été évaluée par Harry Winston à plus de cinquante millions de livres.

L'inspecteur Buckingham eut un léger vertige en pensant que cette gigantesque fortune était étalée sur cette table, dans ce salon auquel on pouvait facilement accéder en empruntant l'escalier du rez-de-chaussée ou l'ascenseur privé de la reine. Quelle tentation pour un gang de voleurs armés jusqu'aux dents ! Ce n'était pas le policier muni d'un simple pistolet, que le major Ronson avait posté à l'entrée des appartements royaux, qui aurait pu faire obstacle à une telle entreprise.

2

L'huissier avait ouvert sa serviette noire et en tirait une liasse de papiers.

— Messieurs, annonça-t-il, nous allons procéder à l'inventaire. Je requiers toute votre attention.

Heureusement, songea l'inspecteur, la date de cet inventaire avait été tenue secrète. Pas de gangsters, donc, à redouter. N'étaient au courant que la reine, son habilleuse, son secrétaire privé, l'huissier Me Penwick, le Royal Protection Group et bien entendu le vicomte Hannibal Chesterfield, dont le titre de Gardien de la cassette privée était purement honorifique et qu'on voyait rarement au palais. L'inspecteur Buckingham fut choqué de le voir arborer un air profondément ennuyé et consulter sans cesse sa montre comme s'il considérait avec dédain cette cérémonie. À moins qu'il ne ressentît comme une disgrâce de devoir cohabiter une heure avec des roturiers !

L'inspecteur Buckingham s'était approché du secrétaire privé, Sir Robert Bellington.

— Je ne vois pas parmi ces merveilles, fit-il observer, la tiare du couronnement, celle qui est ornée de Ko-I-Noor, le fameux diamant vert de cent six carats.

Le secrétaire privé eut un léger sursaut.

— Mais ce n'est pas un bijou personnel de la reine ! s'écria-t-il. C'est un des joyaux dits « de la couronne ». Ils appartiennent à la nation et sont déposés à la Tour de Londres. Ils comprennent en effet cette fameuse couronne.

— Ornée du Ko-I-Noor.

Le secrétaire privé secoua la tête.

— Elle *était* ornée du Ko-I-Noor, mais elle ne l'est plus.

— Aurait-on volé cette pierre fabuleuse ? s'exclama l'inspecteur.

— On ne l'a pas volée. On l'a remplacée par une copie. À la demande expresse de la reine.

— *So surprising !* s'écria l'inspecteur.

— En effet. C'est une bien étrange histoire. Comme vous le savez peut-être, la reine est très superstitieuse. Elle est persuadée que ce diamant porte malheur. Avant d'être confisqué comme prise de guerre par les Anglais au maharadjah de Lahore, il avait pendant deux mille ans poursuivi une extraordinaire carrière criminelle. Le premier à l'arborer sur son turban, « Babour le Tigre », petit-fils de Tamerlan, l'avait volé après avoir assassiné son possesseur, un prince indien. Tous les empereurs mongols qui ont détenu ensuite cette pierre ont péri de mort violente. Le lendemain du jour où le vice-roi des Indes l'offrit à la reine Victoria, elle fut l'objet d'un attentat en plein Londres. Un fou tira sur elle à bout portant. Sans l'atteindre, heureusement. Aussi notre actuelle souveraine bien-aimée refusa que ce diamant maudit ornât la tiare de son couronnement. « Non, messieurs, déclara-t-elle à ses conseillers, je suis peut-être superstitieuse, mais je ne porterai pas le Ko-I-Noor. Il est souillé de sang et porte malheur. Je tiens à ce que mon règne soit faste : cette pierre maudite ne brillera pas sur ma tête le jour du sacre ! » On remplaça donc le Ko-I-Noor par une copie. Elle est toujours là. Et le vrai Ko-I-Noor est renfermé dans un coffret bien clos.

— Quelle étonnante histoire ! fit l'inspecteur Buckingham avec conviction.

Le secrétaire privé hocha tristement la tête.

— Hélas, notre bien-aimée souveraine ne fut pas pour cela à l'abri des mauvais sorts. Songez à tous les malheurs qui ont frappé sa famille. Tous ses enfants divorcés ou presque. Ces scandales ! Ces adultères !

La voix de Sir Robert Bellington tremblait comme si ces malheurs l'avaient frappé personnellement.

— Il est à craindre que cette accumulation de chagrins domestiques ait aussi une cause magique, ajouta-t-il.

— Des ondes fâcheuses qu'émettrait encore le Ko-I-Noor ? interrogea l'inspecteur Buckingham d'une voix effrayée.

— Non. D'abord, il n'appartient pas à la reine. Ensuite, il est bien enfermé à la Tour de Londres. Enfin, la reine ne l'a jamais porté. Mais il y a peut-être un autre bijou maléfique dans son trésor personnel.

— Un autre diamant tueur ?

— Non, un collier. Un collier antique égyptien que le roi Farouk lui avait offert pour son mariage.

— Et pourquoi porterait-il malheur ?

Le regard de Sir Robert Bellington devint grave.

— Parce que, inspecteur, ce collier avait appartenu à Toutânkhamon et provient de sa tombe.

Cette explication ne parut pas très claire à l'inspecteur Buckingham qui fit un sourire vague. Le secrétaire privé désigna sur la table un collier d'or et d'émaux auquel était suspendu un pectoral en forme de tête de taureau.

— Voilà le bijou maudit, lança-t-il d'une voix tremblante en désignant le collier.

En prononçant ces mots, il s'appuya contre le mur, comme s'il était pris d'un accès de faiblesse.

— Ne soyez pas si ému, protesta l'inspecteur Buckingham. Pourquoi diable ce bijou porterait-il plus malheur que n'importe quel autre ?

Me Penwick agita une grande feuille de papier.

— J'ai terminé mon inventaire. Je vais demander à chacun de vous de bien vouloir le signer.

Il avait à peine achevé cette phrase que les lumières s'éteignirent. Il y eut un brouhaha de voix étonnées.

— Que personne ne bouge ! cria l'inspecteur Buckingham.

Il ajouta d'une voix forte à l'adresse du policier qui veillait à la porte de l'appartement de la reine :

— Ne laissez sortir personne, William !

— O.K., chef, répondit la voix lointaine du policier.

Au même moment la lumière revint par le grand plafonnier. Grâce à l'initiative du jeune clerc de l'huissier qui avait tout simplement tâtonné près de la porte et trouvé un interrupteur.

— Eh bien, fit l'inspecteur Buckingham, j'ai bien cru un instant qu'un commando audacieux avait lancé un raid contre les trésors de la reine.

— Vous êtes trop romanesque, inspecteur, répondit le secrétaire privé. C'est simplement moi qui, en m'appuyant contre le mur, ai poussé par mégarde un interrupteur.

— Certainement, dit l'inspecteur. Et de quoi parlions-nous donc avant cet incident ? Ah, oui ! Du collier de Toutânkhamon que notre bien-aimée souveraine croit maléfique.

Il porta son regard sur la table aux joyaux et sursauta. Le collier du pharaon avait disparu !

3

— *My God !* Où est passé le collier du pharaon ? avait soufflé d'une voix stupéfaite l'inspecteur Buckingham à l'oreille de Sir Robert Bellington.

— *By Jove !* vous avez raison, inspecteur ! Le collier de Toutânkhamon a disparu !

À ces mots, le vicomte Chesterfield se précipita vers Me Penwick, l'huissier, dont les yeux clignotaient, comme ceux d'une chouette éblouie.

— N'avez-vous pas, maître, relevé sur votre inventaire la présence, dans la cassette royale, d'un bijou antique égyptien ?

— Certainement, monsieur le vicomte. Un collier en or et émaux avec pectoral à tête de taureau. Un taureau dont les yeux sont des émeraudes.

— Très bien. Alors je vous demanderai, maître, de constater que ce bijou a disparu.

L'huissier enveloppa la table d'un regard effaré.

— *Good heavens !* Mais vous avez dit vrai ! s'écria-t-il d'une voix étranglée.

Tous les assistants se regardèrent d'une façon plutôt suspicieuse.

— Personne n'a pu sortir, dit le secrétaire privé, la porte était gardée par William Clay, un des policiers du Royal

Protection Group. C'est donc l'un de nous qui a pris le collier.

— Il y a une autre porte, fit remarquer l'inspecteur Buckingham, celle qui donne sur le bureau de Sa Majesté.

— Je répète que personne n'a pu sortir, insista Sir Robert Bellington. Nous aurions vu un rai de lumière si la porte du bureau de la reine avait été ouverte.

L'inspecteur Buckingham crayonna un plan de la pièce sur son petit carnet écossais.

— La personne qui a pris ce collier, dit-il, a pu le glisser sous la porte du bureau de la reine où un complice s'en sera emparé.

— Impossible. La reine travaille le matin dans son bureau, dit le secrétaire privé.

L'inspecteur Buckingham nota ce détail sur son croquis.

— Il ne reste donc que deux possibilités, dit d'une voix légèrement excédée le vicomte Hannibal Chesterfield. Le voleur, qui est l'un de nous, a mis le collier dans sa poche, ou son sac. Ou l'a caché quelque part dans le salon. J'aimerais que vous tiriez rapidement cette affaire au clair, Mᵉ Penwick, car j'ai un important rendez-vous à mon club à onze heures.

L'huissier leva le bras pour demander la parole.

— Je crois, mesdames et messieurs, qu'il faut procéder par ordre. Il est en effet évident que le collier n'a pu quitter cette pièce. Il convient d'abord que nous procédions à une fouille en règle de la pièce. Suivie par une fouille au corps de chacun des assistants.

— C'est une chose à laquelle je ne consentirais jamais ! s'exclama, indignée, Mrs Helen Lohan, l'habilleuse de la reine.

— Je crains, moi aussi, de ne pouvoir me prêter à cette formalité offensante, fit Sir Robert Bellington en portant une main à son cœur.

— Pour ma part, il ne saurait, bien sûr, en être question, siffla le vicomte.

L'huissier agita la main dans un geste d'apaisement.

— Je n'avais, mesdames et messieurs, évoqué cette hypothèse que pour soulever vos protestations. Leur vigueur doit convaincre le joyeux farceur qui a subtilisé ce collier qu'il est temps de mettre fin à sa plaisanterie.

— Joyeux farceur ? fit l'inspecteur Buckingham d'une voix étonnée.

— Voyons, inspecteur, que peut-on imaginer d'autre ? Il s'agit à l'évidence d'un *joke,* une amusante forme d'humour britannique. C'est vraiment très réussi. Nous avons tous cru un instant que ce collier égyptien avait été volé. L'auteur de la blague doit se tordre. Nous sommes tous prêts à l'imiter à condition qu'il y mette maintenant fin.

— Je ne suis pas du genre à faire cette sorte de blague, lança Mrs Mac Lohan.

— Si j'avais dix ans de moins, murmura le secrétaire privé, je ne dis pas que ce genre de farces ne m'aurait pas tenté. Mais je suis trop vieux maintenant pour faire des niches. (Il ajouta en redressant la taille :) N'oubliez pas que la reine m'a fait sir.

— Dans ma famille, dit Hannibal Chesterfield, en haussant le menton, nous étions vicomte bien avant que ces Windsor accèdent au trône ! Nous sommes sérieux. Noblesse oblige !

— Il va de soi, dit l'huissier, que ma profession aussi bien que mon présent rôle m'interdisent de jouer au plaisantin. Quant à mon clerc, John White qui m'assiste aujourd'hui, c'est un jeune homme si timide qu'on ne peut le suspecter d'avoir commis une facétie aussi téméraire.

— Il ne reste donc que moi, fit l'inspecteur Buckingham, avec un air amusé.

Un lourd silence régna pendant une longue minute. Chacun observait les autres. Qui était le mauvais plaisant ?

— Je vois, reprit Me Penwick. Notre joyeux farceur est un peu ennuyé des proportions prises par sa plaisanterie qui n'est pas, en effet, d'un goût parfait. Il hésite donc à remettre en place le collier devant nous. Nous allons lui donner une chance de conserver à la fois le plaisir de nous avoir mystifiés et son anonymat. Je vais demander à Mr John White de bien vouloir éteindre toutes les lumières. Il attendra une minute avant de les rallumer. Le joyeux luron aura tout le loisir pendant cet intermède de remettre le collier en place à la faveur de l'obscurité.

— Excellente idée, opina l'inspecteur Buckingham.

— J'approuve tout à fait, grogna Mrs Mac Lohan, bien que cela me prive de connaître le *silly boy* qui a imaginé cette vilaine farce.

— Entièrement d'accord, jeta le secrétaire privé qui se laissa tomber dans un fauteuil comme pour bien montrer qu'il n'avait pas de raison de bouger pendant que les lumières seraient éteintes.

— Allez-y, grogna le vicomte Chesterfield.

— Veuillez pousser l'interrupteur, John, ordonna Me Penwick.

Lorsque l'obscurité se fit à nouveau dans le salon de la reine, l'inspecteur Buckingham était placé à un mètre environ de la table, en face de l'écrin du collier de Toutânkhamon. Si le « voleur » le remettait en place, il devrait passer entre lui et la table. Il espéra qu'il se signalerait d'une façon ou d'une autre et qu'il pourrait l'identifier. Par exemple, Mrs Mac Lohan répandait une forte odeur de patchouli, le vicomte de lavande Yardley, et Sir Robert Bellington de tabac à pipe Dunhill. L'inspecteur Buckingham aurait d'autre part reconnu à cent mètres l'odeur de vieux papiers d'un huissier. Enfin les chaussures de John White craquaient légèrement. Certes, il ne dénoncerait pas le farceur, cependant il répugnait à laisser un point d'interrogation sur son petit carnet écossais. Mais le « joyeux farceur », comme disait l'huissier, remettrait-il le collier à la même place sur la table ?

L'inspecteur Buckingham tendit l'oreille. Il ne perçut aucun autre bruit que la respiration oppressée des assistants.

Pas un raclement, pas un glissement qui pût signaler un déplacement. Ni la moindre odeur révélatrice.

— Allez, remettez-le, Mrs Mac Lohan ! lança, narquois, Sir Robert Bellington.

— Remettez-le vous-même, petit sacripant ! rétorqua d'une voix non moins ironique la vieille habilleuse.

— Cessez ces blagues ridicules ! siffla le vicomte Hannibal.

Sa voix exprimait tout le dégoût qu'il éprouvait à se trouver mêlé à ces gens non titrés qui n'étaient tous que des employés.

— Si c'est vous, John, proclama l'huissier avec gravité, il est encore temps de vous racheter. Dieu vous pardonnera certainement.

— Mais ce n'est pas moi, maître ! fit le clerc.

— Encore trente secondes, John, pour remettre le collier et rallumer.

— Oui, maître, je vais rallumer, mais je n'ai pas pris le collier, pleurnicha le clerc.

D'après la direction de sa voix, l'inspecteur Buckingham jugea que le jeune homme était resté près de la porte, à côté de l'interrupteur du plafonnier.

— Encore dix secondes, annonça l'huissier.

Le silence était si dense qu'on aurait aisément perçu le cliquetis du collier si « l'auteur de la blague », comme disait l'huissier, l'avait déposé sur la table. Mais aucun son de ce genre ne parvint à l'oreille de l'inspecteur Buckingham.

La voix de l'huissier s'éleva derechef.

— Attendez encore une autre minute avant de rallumer, John. Je devine ce qui se passe. Notre mauvais plaisant a peur qu'un bruit ne le dénonce. Je vais donc vous demander à tous de vous boucher les oreilles pendant cette minute supplémentaire d'obscurité. Naturellement chacun de vous devra me certifier sur l'honneur qu'il se conforme à cette formalité.

— Je certifie sur l'honneur que je me bouche à l'instant les oreilles, dit Sir Robert Bellington.

— Sur l'honneur ! chevrota Mrs Mac Lohan.

— Sur l'honneur ! prononça le vicomte d'une lèvre hautaine.

— Sur l'honneur ! confirma l'inspecteur Buckingham.

— Très bien, dit l'huissier. Je vais de mon côté boucher moi-même de mes deux pouces les oreilles de mon clerc. Ce garçon est trop jeune pour avoir encore un honneur bien solide.

— Mais si vous bouchez ses oreilles de vos doigts, comment boucherez-vous les vôtres ? objecta Mrs Mac Lohan, d'une voix chipoteuse.

— Je demanderai à mon clerc de me rendre de son côté ce service.

Un murmure d'acquiescement parcourut l'assistance. Une nouvelle minute d'obscurité s'écoula.

— Rallumez, John ! ordonna l'huissier en libérant les doigts de son clerc.

La lumière du plafonnier inonda la pièce et fit resplendir la mer de joyaux.

Tous les regards des assistants, encore clignotants, balayèrent la table.

Me Penwick poussa un cri de désappointement.

Le collier de Toutânkhamon n'était pas revenu !

4

L'atmosphère était devenue tout à fait pénible dans le salon de la reine.

L'huissier toussota pour s'éclaircir la voix.

— Je crois, bredouilla-t-il, l'air consterné, que je me suis trompé. La personne qui a subtilisé ce collier n'est pas un farceur mais un voleur.

— Voleur ou farceur, fit observer l'inspecteur Buckingham, il n'a pu faire sortir le collier de cette pièce. Il s'y trouve donc toujours. Il convient donc, maître, comme vous l'aviez proposé, d'exécuter une fouille approfondie de ce salon.

— Je vais y procéder moi-même, dit l'huissier. Avant de commencer, je vous demanderai de rester chacun à la place exacte où vous êtes en ce moment.

Me Penwick leva le bras dans un geste solennel, comme s'il allait prêter serment.

— Une dernière fois, j'adjure la personne qui a emprunté ce collier de le remettre en place avant que les choses prennent une tournure fâcheuse.

Il se tourna vers l'inspecteur Buckingham.

— Qu'en pensez-vous, inspecteur ?

— Je joins ma voix à la vôtre pour prier instamment cette personne de remettre devant nous le joyau sur la table. Dans la minute qui suit. Passé ce délai, l'affaire passera entre mes mains, c'est-à-dire entre celles de la police.

L'inspecteur éleva sa montre-bracelet à la hauteur de son visage.

— Top chronomètre ! s'écria Sir Robert Bellington sur un ton persifleur.

— Ne plaisantez pas avec ces choses-là, Sir Robert, lança Mrs Mac Lohan. Vous devriez penser avec effroi aux années que vous allez passer en prison. Vous ou le vicomte Hannibal ou encore Mr John White.

— Ce n'est pas moi, répéta d'une voix pleurnicheuse le clerc d'huissier.

Le vicomte fit entendre un ricanement dédaigneux qui signifiait clairement qu'il ne s'abaisserait pas à répondre à une simple habilleuse de la reine.

L'inspecteur Buckingham leva le bras.

— La minute est écoulée. L'enquête policière commence en cette seconde même. Me Penwick va d'abord fouiller cette pièce.

Me Penwick se dirigea vers Sir Robert Bellington et lui demanda de se lever de son fauteuil. Puis il souleva le coussin et passa la main dans les côtés capitonnés du siège. Il le retourna et inspecta les sangles.

— Rien, soupira-t-il, vous pouvez vous rasseoir, sir.

Il procéda aux mêmes opérations sur les autres fauteuils du salon. Sans succès. Il demanda l'aide de son clerc pour retourner les deux grands sofas. Là non plus, il ne trouva rien.

Les tiroirs de la grande commode en bois de rose marqueté étaient fermés à clef. Me Penwick déplaça le meuble en ahanant pour s'assurer que le collier n'était pas dissimulé entre le meuble et le mur.

Il s'attaqua ensuite aux boîtes d'argent posées sur les guéridons et les consoles. Il les ouvrit une par une. Toujours pas de collier !

L'huissier se mit à genoux et souleva carpettes et tapis. Il se releva et baissa les bras d'un air découragé.

— Je ne trouve rien, soupira-t-il.

— Il faut aussi regarder derrière les tableaux, fit observer l'inspecteur Buckingham.

L'huissier procéda, sans plus de succès, à cette ultime investigation.

— Il ne me reste plus, madame et messieurs, fit-il d'une voix embarrassée, qu'à exécuter une dernière formalité, qu'elle vous plaise ou non. Je veux parler de la fouille personnelle de chacun de vous.

À ce moment-là, la porte du fond du salon s'ouvrit et la reine apparut.

— Quel est ce vacarme de meubles renversés et traînés, Sir Robert ? lança, de la porte, la souveraine, l'air irrité. Je suis empêchée par cet inconvénient de travailler à d'importants dossiers d'État.

— Pardonnez-nous, Madame, bégaya le secrétaire privé qui s'était levé de son siège et s'inclinait devant la reine. Ce... ce bruit... ce regrettable bruit n'est que l'effet de notre zèle. Nous cherchions à retrouver le fameux collier de Toutânkhamon, précieux bijou de votre cassette personnelle qui s'est mystérieusement évanoui pendant que Me Penwick faisait son inventaire annuel.

— Le collier de Toutânkhamon ! s'écria la reine. Il aurait donc disparu ?

— Hélas oui, Votre Majesté, balbutia l'inspecteur Buckingham, et malgré nos recherches dans ce salon nous n'avons pu le retrouver. Il faut croire que le voleur l'a conservé sur lui.

— Un voleur ! s'exclama la reine. Vous pensez donc que ce collier a été volé !

L'inspecteur Buckingham s'étonna à part lui du ton léger, presque enjoué, sur lequel la reine avait prononcé ces derniers mots.

— Nous sommes certains d'une chose, Votre Majesté, reprit-il, c'est que le collier n'a pu sortir de cette pièce. Elle a été méthodiquement fouillée. Je pense donc que Me Penwick doit se livrer maintenant à une opération fort pénible : la fouille de toutes les personnes ici présentes.

— Je vais commencer d'ailleurs par mon clerc, dit l'huissier. Ensuite l'inspecteur me fouillera.

Ainsi fut-il fait.

— À votre tour, dit l'huissier en se retournant vers l'habilleuse et le secrétaire privé.

— Il n'est pas question que ce personnage me touche, s'exclama Mrs Mac Lohan. Jamais un homme n'a porté la main sur moi ! Je suis vieille fille et entends le rester !

— Nous pourrions peut-être demander à une des femmes de chambre de la reine d'accomplir cette formalité, suggéra l'huissier.

— Homme ou femme, je ne consentirai jamais à me prêter à une fouille ! Ce serait une marque de suspicion par trop déshonorante à mon égard.

— Je crois devoir soulever pour ma part la même objection, fit remarquer Sir Robert Bellington.

Le vicomte Hannibal se contenta de produire un de ses ricanements excédés.

Le regard de la reine allait, hésitant, de l'un à l'autre.

— Je crois, maître, prononça-t-elle enfin d'une voix froide, que ces objections doivent être retenues. Il est contre la dignité de ces personnes, qui sont à mon service et à qui j'ai donné ma confiance, d'être fouillées au corps.

— Mais, Votre Majesté... bredouilla l'huissier, éperdu.

— Il suffit, maître. L'inspecteur Buckingham suivra cette affaire. Je crois que nous n'avons plus besoin de vous.

La voix de la reine était si glaciale que Me Penwick saisit précipitamment sa serviette et s'éclipsa par l'autre porte du salon suivi par son clerc qui était si terrorisé qu'il se prit les pieds dans le tapis, trébucha et sortit de la pièce sur le ventre.

— Je compte sur vous, inspecteur, pour continuer l'enquête, reprit la reine d'un air presque détaché.

L'inspecteur Buckingham eut l'impression que la disparition du collier de Toutânkhamon ne l'affectait pas outre mesure.

Avant de disparaître dans son bureau, la reine se retourna et ajouta à l'intention de l'inspecteur :

— Que cette affaire ne vous distraie pas trop, inspecteur, de vos tâches de protection habituelles. Je dirais même que rien ne presse.

L'accent de la reine comportait une intonation mystérieuse qui laissa fort perplexe l'inspecteur Buckingham. Souhaitait-elle vraiment qu'il recherchât ce collier ?

5

L'inspecteur Buckingham avait essayé de retenir le secrétaire privé qui se préparait à rejoindre la reine dans son bureau.

— Cher ami, pouvez-vous m'expliquer pourquoi la reine a pratiquement arrêté nos recherches ?

— Elle n'a rien arrêté du tout. Elle a simplement empêché cet huissier de se livrer à ses dégoûtants attouchements.

— Vous ne parlez pas sérieusement ! Me Penwick est un honorable officier ministériel qui instrumente ici depuis des années. Sa moralité est irréprochable.

Sir Robert Bellington disparaissait déjà à moitié par la porte du bureau de la reine. L'inspecteur le retint par la manche.

— Vous avez bien une idée, Sir Robert, sur ce qui s'est passé ?

— Pas la moindre ! s'écria le secrétaire privé d'une voix tranchante.

Il se dégagea d'un coup sec du bras, disparut dans le bureau de la reine et ferma la porte sur lui. L'inspecteur Buckingham entendit la clef tourner dans la serrure.

Il eut le temps d'accrocher par le bout de son châle la vieille habilleuse qui s'échappait du salon par la porte du vestibule après avoir rangé les bijoux dans leur coffre-fort.

— Pouvez-vous m'accorder un instant, Mrs Mac Lohan ?

— Je ne sais pas si je peux me permettre d'accepter un entretien particulier avec un homme, hors de tout témoin.

— Inutile, madame, de jouer cette comédie avec moi !

— Quelle comédie ? Je ne comprends pas ! lança la vieille fille avec hauteur.

L'inspecteur Buckingham ne cacha plus son agacement.

— Je parle de la comédie que vous avez jouée en refusant tout à l'heure de vous laisser fouiller, même par une des femmes de chambre de la reine. Je n'ai pu me retenir de penser que votre attitude était celle d'une coupable.

Mrs Mac Lohan leva le menton, la bouche pincée.

— J'espère, inspecteur, que vous ne me soupçonnez pas d'avoir volé ce collier !

— Devriez-vous vous en sentir profondément offensée, je dois avouer que cette pensée m'a traversé.

— Si j'avais voulu voler ce bijou, pourquoi l'aurais-je fait le jour de l'inventaire ? C'est moi qui ai la clef du coffre à bijoux de la reine et qui choisit chaque matin ceux qu'elle devra porter. J'aurais pu m'emparer de ce collier en toute tranquillité et même le revendre à condition de le faire assez longtemps avant l'inventaire de fin d'année.

— C'est assez juste. Mais j'ai soupçonné en second lieu qu'en refusant avec éclat de vous prêter à une fouille personnelle, vous permettiez à Sir Robert Bellington d'adopter la même attitude.

— Vous suggérez, inspecteur, que j'ai voulu le protéger ? Que je le croyais coupable ?

— C'était une de mes hypothèses, en effet.

— Quelle imagination vous avez, inspecteur ! D'une certaine façon je vous admire. Mais je ne saurais vous approuver de suspecter Sir Robert.

L'inspecteur Buckingham explosa.

— Mais on se moque de moi dans cette maison ! s'écria-t-il. Vous vous couvrez les uns les autres !

— Faites attention à vos propos, inspecteur, il s'agit de la Maison de la reine.

— Justement. J'ai prêté serment à notre souveraine de la défendre, elle, sa famille et ses biens. Dans cette affaire, mon devoir est tout tracé : retrouver le collier volé, dût-il en cuire aux serviteurs les plus proches de la reine.

Mrs Mac Lohan garda un instant le silence. La sortie de l'inspecteur l'avait à l'évidence sérieusement mouchée.

— Asseyez-vous, inspecteur, murmura-t-elle, en avançant un fauteuil, et essayons de parler calmement.

— Je ne perds jamais mon calme en service.

— Je ne vous demanderai donc, inspecteur, que de calmer vos hypothèses.

— Mes hypothèses vont toutes seules leur petit bonhomme de chemin. C'est ainsi que travaille le cerveau d'un policier.

Mrs Mac Lohan agita la main comme pour chasser d'importunes hypothèses.

— La première chose dont il faut tenir compte, inspecteur, c'est la profondeur du respect et de l'affection que porte Sir Robert à notre bien-aimée souveraine. Il lui voue un véritable culte. Il m'a avoué que cette prédilection remontait à son enfance. Il y avait au mur de sa chambre de petit garçon la photo de la reine en bonne place à côté de celles des Beatles et de Mick Jagger.

— *Indeed !* s'écria l'inspecteur Buckingham, impressionné.

— En avançant en âge, Sir Robert a transformé en passion ce qui n'était qu'un attachement enfantin. Une belle carrière s'ouvrait à lui, après d'excellentes études à Oxford, dans la diplomatie ou les finances publiques. Il y a renoncé pour entrer au service de la reine, bien que les salaires offerts par Sa Maison soient bien médiocres. Notre souveraine n'a pas tardé à remarquer ce jeune homme si brillant et si dévoué. Elle l'arracha à un emploi fort subalterne de gestionnaire du personnel pour en faire son secrétaire privé. J'étais dans les appartements royaux lorsque la reine lui annonça cette promotion. L'émotion de cet excellent jeune homme fut si vive que j'ai redouté un instant qu'il ne tombât en pâmoison.

L'inspecteur Buckingham secoua la tête avec conviction.

— Cet attachement à notre bien-aimée souveraine est tout à fait émouvant. J'avoue que ces détails éloignent de moi la pensée que Sir Robert Bellington ait de près ou de loin quelque chose à voir avec la disparition de ce bijou.

— Tout ce qui touche à la reine touche encore plus Sir Robert, continua Mrs Mac Lohan. C'est plus qu'un serviteur empressé. C'est un véritable chevalier servant. Il a des façons de parler à notre souveraine qui sont presque celles d'un soupirant éperdu. Il la couve sans cesse d'un regard énamouré. Je me suis souvent demandé si le prince Philip l'avait remarqué. Il aurait alors eu de sérieuses raisons de se montrer jaloux.

— Ne l'était-il pas ?

— Je ne le crois pas. Il lui semblait sans doute naturel qu'on serve avec ferveur sa royale épouse. Mais elle, elle avait remarqué la flamme qu'elle allumait dans les yeux de son secrétaire privé. Elle m'en a fait la confidence.

— Sa majesté n'était-elle pas offensée qu'un simple roturier se permît d'éprouver envers elle des sentiments si... irrespectueux ?

— Je pensais, inspecteur, qu'un ancien de Scotland Yard connaîtrait mieux le cœur humain. Pour être reine, notre bien-aimée Élisabeth II n'en est pas moins femme. Et les femmes sont sensibles à tous les hommages, d'aussi bas qu'ils viennent. Et c'est sans doute pour que les hommages de son secrétaire privé remontent de moins bas que la reine l'a fait sir l'année dernière.

L'inspecteur Buckingham sourit avec compréhension.

— Je suis très touché par la description de cette passion platonique que porte Sir Robert Bellington à notre souveraine. Je ne vois guère cependant pourquoi vous avez pris la peine de me la décrire avec tant de détails.

— Parce que cette passion doit être prise en compte lorsque peut peser sur Sir Robert le soupçon d'avoir dérobé quelque chose à sa bien-aimée souveraine.

— Vous voulez dire que ce sentiment si fort qu'il porte à la reine m'obligerait à écarter l'hypothèse qu'il ait pu s'emparer du collier de Toutânkhamon ?

La vieille habilleuse observa quelques secondes de silence. Un sourire subtil se dessina sur ses lèvres.

— Ou peut-être serait-ce justement le contraire, inspecteur. Exactement le contraire.

L'inspecteur Buckingham jeta un regard ahuri sur la vieille habilleuse.

— Pouvez-vous me préciser votre pensée, Mrs Mac Lohan ? souffla-t-il.

— Ce n'est pas à moi, inspecteur, de vous encombrer d'hypothèses. C'est vous qui êtes en charge de l'enquête.

Mrs Mac Lohan s'était levée et se dirigeait vers la porte, la tête haute, le visage fermé. Elle ne dirait pas un mot de plus.

L'inspecteur Buckingham quitta à son tour la pièce pour regagner les bureaux du Royal Protection Group au rez-de-chaussée. Il était perplexe. La vieille toquée avait-elle voulu suggérer que Sir Robert Bellington avait pu voler le collier de Toutânkhamon ? Par amour pour sa souveraine ? Pour que ce collier cesse de lui porter malheur ? Mais sur quoi était fondée cette étrange superstition ? Et pourquoi le voler ? Il aurait suffi, en accord avec la souveraine, de le soustraire à la cassette royale et de l'enfermer dans un coffre-fort à la Tour de Londres. N'avait-on pas détaché le Ko-I-Noor de la couronne royale pour le séquestrer lui aussi dans un coffre bien clos dans la forteresse de Guillaume le Conquérant, pour des raisons superstitieuses plus avérées ?

6

Compte tenu du fait — passablement curieux — que la disparition du collier de Toutânkhamon n'avait semblé soulever que peu d'émoi chez la reine, l'inspecteur Buckingham n'était pas enclin à classer cette affaire parmi les tâches urgentes. D'autres soucis l'accaparèrent à la fin de la matinée, en particulier certaines lettres signées de l'IRA, l'armée républicaine irlandaise qui avertissait la reine qu'elle s'en prendrait bientôt à ses palais.

Le récent incendie du château de Windsor, dont on n'avait jamais établi les causes, rendait ces menaces particulièrement préoccupantes.

Cependant, à l'heure du déjeuner, profitant de ce que tous les employés du palais se trouvaient rassemblés à midi précis, à la cantine du personnel au rez-de-chaussée, l'inspecteur alla examiner de près le bureau du secrétaire privé au premier étage. Il s'était assuré préalablement par un bref coup d'œil à la cantine qu'il y était bien attablé. Peut-être retrouverait-il, dans quelque cachette, par exemple derrière les livres de la bibliothèque, le fameux collier. L'inspecteur possédait un passe qui lui permettait d'entrer partout dans le palais, sauf, bien entendu, dans les appartements royaux. Il n'eut pas à s'en servir. À sa surprise, le bureau de Sir Robert Bellington n'était pas fermé à clef. Étrange négligence ! Le secrétaire privé était censé partager beaucoup de secrets d'État avec la reine. Ses dossiers étaient remplis de documents confidentiels.

L'inspecteur constata dès qu'il y entra que Sir Robert, à l'évidence, n'était pas venu à son bureau ce matin-là. Aucun papier sur sa table de travail. Pas de cendres de pipe dans le cendrier. Les journaux que le valet chargé de leur distribution avait glissés sous la porte gisaient sur la moquette, avec le courrier.

Et pourtant le secrétaire privé était en train de déjeuner à la cantine ! Pourquoi n'avait-il pas pris son service à son bureau ?

L'inspecteur Buckingham fouilla immédiatement la pièce mais ne trouva pas ce qu'il cherchait : le collier de Toutânkhamon. Il était désormais certain que le bijou n'y était pas caché car il avait procédé à son investigation suivant les infaillibles principes de Scotland Yard : diviser mentalement la pièce en pieds cubiques qui devaient être passés au peigne fin.

Et si le secrétaire avait caché le collier dans sa chambre ? Il était logé au deuxième étage dans un petit appartement de deux pièces. L'inspecteur consulta sa montre : il avait le temps d'y courir. Le service était assez long à la cantine du personnel.

Quand il y pénétra, l'inspecteur fut surpris par le désordre qui régnait dans la chambre : armoires et tiroirs étaient grands ouverts, des vêtements étaient étalés sur le lit, du linge gisait par terre. Les tablettes de la salle de bains étaient vides : pas de brosse à dents, de rasoir, de lotions ni de brosse à cheveux.

— *My God !* s'écria l'inspecteur, Sir Robert vient de faire sa valise !

En sortant en hâte de l'appartement, il se heurta à un valet d'étage.

— Dites-moi, mon garçon, avez-vous vu ce matin Sir Robert Bellington ?

— Certainement, inspecteur, j'ai cogné à sa porte pour faire son ménage. Il m'a ouvert et m'a demandé de repasser vers midi. Quand je suis revenu il m'a d'abord donné une lettre à remettre à Mrs Mac Lohan à midi et demi précis. Puis il m'a confié une valise et m'a demandé de la descendre à la cantine. « Pas besoin de faire ma chambre aujourd'hui, Jim ! » a-t-il ajouté.

— Seigneur ! s'écria l'inspecteur Buckingham en regardant sa montre, j'ai encore une chance de le coincer.

Il dévala quatre à quatre les deux étages d'escalier jusqu'au rez-de-chaussée et enfila le hall de marbre jusqu'à la cantine du personnel. Il y pénétra en trombe et se figea aussitôt. Sir Robert Bellington n'était plus là !

— C'est tout à fait cela, inspecteur, dit le serveur, Sir Robert avait fait déposer sa valise près de la caisse et m'avait demandé de le servir rapidement. Il avait, disait-il, un train à prendre. J'ai donc fait diligence. Aussitôt son café avalé, il s'est levé, a empoigné sa valise et s'est éloigné d'un pas rapide.

À l'entrée du palais, le concierge confirma à l'inspecteur Buckingham que le secrétaire privé avait pris, dix minutes auparavant, un taxi.

— Il me l'avait commandé à midi, inspecteur. Un taxi pour aller à l'aéroport de Heathrow.

— Il ne vous a pas dit vers quelle destination ?

— Il ne me l'a pas dit et je ne me suis pas permis de le lui demander. Je sais rester à ma place, inspecteur.

L'aéroport de Heathrow desservait principalement le continent. Sir Robert Bellington se préparait-il à fuir à l'étranger ? En emportant dans sa valise le collier de Toutânkhamon ?

L'inspecteur Buckingham s'était précipité au bureau du major Ronson, le chef du Royal Protection Group et donc son supérieur direct. Il lui fit le récit de ses découvertes.

— Je crois, major, conclut l'inspecteur, que nous devrions donner l'alerte à Scotland Yard et faire surveiller tous les embarquements. Il est encore temps de cueillir notre homme.

Le major Ronson afficha une mine embarrassée.

— Je ne suis pas sûr, inspecteur, que ce soit la conduite à tenir.

— Que voulez-vous dire, major ? Devons-nous laisser filer Sir Robert, qui se conduit exactement comme s'il avait volé ce collier égyptien ?

— Nous ne devrions pas, inspecteur, mais je me demande si Sir Robert est bien le coupable.

— Je ne comprends pas, major. Sa fuite ne le dénonce-t-elle pas ?

— Ne m'avez-vous pas dit tout à l'heure, fit le major sans répondre directement à la question de l'inspecteur, que Sir Robert avait fait remettre ce matin une lettre à Mrs Mac Lohan ?

— Certes. C'est au valet d'étage que le secrétaire privé avait confié cette mission.

— Mrs Mac Lohan est venue ici tout à l'heure. Elle m'a montré cette lettre et m'a autorisé à en prendre copie.

Le major Ronson tendit une feuille de papier à l'inspecteur Buckingham.

— Lisez donc, inspecteur.

L'inspecteur Buckingham parcourut avec un étonnement croissant ces lignes extraordinaires :

Ma Chère Helen,

À l'heure où vous recevrez cette lettre, je serai sur le chemin de l'évasion que j'ai préparée. Personne ne pourra jamais me retrouver. Je suis obligé de fuir pour échapper au terrible châtiment qui me menace. Car c'est moi qui ait volé le collier de Toutânkhamon. Je n'ai pu résister au formidable mouvement de cupidité qui s'est emparé de moi quand j'ai vu resplendir sous mes yeux ce joyau inestimable. Je savais que je pouvais le négocier plusieurs millions de dollars auprès d'amateurs fortunés d'antiquités égyptiennes. Ces gens-là sont prêts à tous les sacrifices pour enrichir leur collection d'un tel trésor. Dussent-ils en faire secrètement l'acquisition. J'ai donc hier matin plongé volontairement dans l'obscurité le salon de la reine en manœuvrant un interrupteur qui se trouvait contre le mur où je m'appuyais. J'ai aussitôt empoché le collier. Grâce à votre chevaleresque intervention, nous avons tous échappé à une fouille indigne. Je tiens à vous écrire cette lettre pour que vous puissiez la produire, si l'on vous soupçonnait de complicité dans ce vol.

Dites bien au cher inspecteur Buckingham que je suis navré de lui causer du tracas. Tous ses efforts seront vains. J'ai pris toutes mes précautions pour qu'on ne trouve pas ma piste.

En regrettant de vous avoir, vous aussi, chère Mrs Mac Lohan, occasionné quelques soucis, je me fais le serment de vous envoyer un beau cadeau pour vous en dédommager dès que je serai en possession de ma fortune.

Je suis maintenant pressé de la réaliser et de mener la vie de luxe dont j'ai toujours rêvé. Aussi je vous quitte en vous assurant de ma respectueuse affection.

Robert Bellington.

— C'est fou ! s'exclama l'inspecteur Buckingham. Qui se serait attendu à pareille chose de la part d'un gentleman aussi distingué !

Le major Ronson tapota son bureau avec sa pipe à couvercle d'argent.

— Ce qui est encore plus fou, inspecteur, c'est ce que m'a dit solennellement Mrs Mac Lohan en me remettant cette lettre.

— J'ai du mal à imaginer que cette affaire puisse être encore plus folle.

— Elle l'est, inspecteur. Mrs Mac Lohan, après que j'eus lu la lettre de Sir Robert, s'est campée devant moi, la tête haute et a proclamé d'une voix forte : « Ce n'est pas Sir Robert qui a volé le collier de Toutânkhamon, c'est moi ! » Et elle a ajouté d'un air de défi : « La reine est au courant ! »

Le major Ronson acheva d'un ton préoccupé :

— Et je me demande, inspecteur, si la reine souhaiterait vraiment que nous lancions Scotland Yard sur les traces de Sir Robert.

7

Des policiers ordinaires auraient probablement fait une légère dépression nerveuse. Deux coupables pour le vol du même bijou ! Deux coupables qui se dénonçaient eux-mêmes ! Et qui pourtant n'apparaissaient pas comme complices. Et que la reine, mystérieusement, semblait vouloir protéger !

Mais l'inspecteur Buckingham et le major Ronson n'étaient plus hommes à s'étonner d'une extravagance à la cour royale. Ils étaient aguerris par les frasques des enfants de la reine dont certaines avaient eu des conséquences criminelles[1]. Ils avaient aussi été à plusieurs reprises obligés de plonger le nez dans des affaires plutôt nauséabondes auxquelles étaient mêlées de hautes personnalités de la Couronne.

Aussi, loin de s'émouvoir à l'excès, l'inspecteur Buckingham et le major Ronson se renversèrent au fond de leurs fauteuils dans une attitude méditative.

— Que diriez-vous, inspecteur, d'un petit remontant ? suggéra le major Ronson en retirant du tiroir inférieur de son bureau une bouteille.

1. Voir les précédentes enquêtes de l'inspecteur Buckingham : *Royal Chantage*, *Triple Crime chez la princesse* et *Disparitions au palais*.

— Je dirai, major, que nous ne saurions mieux faire que réfléchir quelques instants, verre en main, à cette étrange affaire, avant de prendre la moindre décision.

Le major Ronson éleva la bouteille à hauteur de son visage et observa d'un air concentré les reflets ambrés de son contenu.

— C'est un cadeau de la reine, fit-il d'un ton déférent. Un vieux malt produit sur ses terres de Balmoral en Écosse. Un nectar incomparable. Et exclusif. Voyez, inspecteur, l'étiquette porte simplement l'inscription *« Product of Balmoral. Queen Estate »*.

L'inspecteur Buckingham se leva à demi et s'inclina légèrement en signe de respect.

— Rien ne paraît mieux approprié, fit-il avec conviction, que ce noble liquide pour nous aider à résoudre l'énigme de la disparition de ce bijou royal.

Le valet frappa plusieurs coups à la porte du bureau du major Ronson. Il attendit. Puis, n'obtenant pas de réponse, il se décida à pousser la porte.

Le major Ronson le fixa d'un œil sévère du fond de son fauteuil.

— Je ne crois pas vous avoir dit d'entrer, Jonathan.

— Excusez-moi, major, j'ai frappé plusieurs fois et vous ne répondiez pas. J'ai pensé que vous faisiez la sieste.

— Je n'ai pas cette habitude orientale, lança le major d'une voix acerbe. L'inspecteur Buckingham et moi méditions. Une méditation de la plus haute importance et que nous ne souhaitions pas interrompre. C'est la raison pour laquelle je ne vous ai pas dit d'entrer.

— Excusez-moi, major, j'ai cru bien faire. C'est que vous avez un visiteur. Il m'a demandé de vous passer sa carte en précisant qu'il voulait vous voir d'urgence. C'est un monsieur habillé tout en noir avec une tête de corbeau.

Le major s'empara de la carte, poussa un grognement et la tendit à l'inspecteur Buckingham.

— Me Penwick, l'huissier, s'exclama l'inspecteur. Que peut-il bien nous vouloir encore ? La reine lui avait pourtant dit ce matin de disparaître. Et sur quel ton !

— Il en faut plus pour intimider ces gens-là. Race de vampires ! grommela le major Ronson.

Il se tourna vers le valet.

— Faites entrer ce monsieur à tête de corbeau, Jonathan.

— Je suis désolé, messieurs, de vous déranger à nouveau, croassa l'huissier, mais je ne peux décemment présenter mon constat en l'état à notre souveraine.

— En l'état ? Que voulez-vous dire ? s'étonna le major Ronson.

L'huissier jeta un regard surpris au major.

— Mais dans l'état scandaleux où il se trouve ! jeta-t-il. Il est en effet choquant que je doive me contenter de mentionner que le collier de Toutânkhamon a disparu. Disparu ! Qu'est ce que ça veut dire, « disparu » ? La reine va manifester le plus vif mécontentement. Ou bien ce collier a été égaré. Ou il a été volé. Elle va me le faire remarquer et ajouter que je devrais le savoir. Je ne suis pas censé être simplement une machine à enregistrer. En tant qu'huissier attitré de la Maison Royale, je suis supposé posséder aussi une intelligence.

— Cette supposition peut en effet être émise, fit le major Ronson d'une voix caustique.

— C'est cela ! Moquez-vous de moi, major !

— Je ne me moque pas. Je souhaite simplement savoir à quoi tend votre intelligence.

— Je désire simplement savoir le résultat de vos premières investigations. Il m'a semblé que l'on devait retenir l'hypothèse d'un vol. Est-ce toujours votre avis ?

— En effet, reconnut l'inspecteur Buckingham. Je n'ai pas retrouvé le collier en fouillant le salon où étaient exposés les bijoux. Quelqu'un l'a donc pris.

L'huissier serra les deux poings d'un air exaspéré.

— Nous aurions vite démasqué ce voleur si on m'avait laissé fouiller l'assistance. Mais ces nobles dames et messieurs ont soulevé des objections. Vous n'avez pas levé le petit doigt pour me soutenir.

— Vous oubliez, maître, que la reine elle-même a reconnu la validité de ces objections.

L'huissier fit un nouveau geste d'impatience.

— Vous avez tout de même des soupçons, inspecteur !

Le major Ronson intervient, l'air grave.

— Nous avons plus que des soupçons, maître, nous avons des aveux.

— Ah ! Ah ! Je m'en doutais. Sir Robert Bellington a enfin reconnu qu'il s'était livré à une stupide plaisanterie et vous a rendu le collier.

— Il n'a pas rendu le collier. Et ce n'était pas une stupide plaisanterie. Il a bien volé le collier. Il l'a reconnu par écrit.

— Par écrit ! Par une lettre adressée à la reine ?

— Adressée à Mrs Mac Lohan. Le texte ne laisse aucun doute sur sa culpabilité.

— Vous l'avez arrêté, j'espère !

— Non. Il est en fuite. Il va prendre l'avion. Sans doute pour le continent.

L'huissier leva les bras au ciel.

— Mais vous devriez lancer contre lui un mandat d'arrêt international !

— Certes, dit le major, mais c'est une démarche bien lourde. Nous hésitons.

Le visage de Me Penwick refléta l'indignation la plus sincère.

— Que voulez-vous de plus, major ? Vous avez des aveux écrits !

— En principe cela devrait me suffire. Mais voyez-vous, maître, il y a une petite complication.

— La reine ne veut pas que l'on poursuive son secrétaire privé ?

— C'est une possibilité, bien que nous ne lui en ayons pas encore parlé.

— Je ne comprends pas... Pourquoi cette inertie ? Le collier de Toutânkhamon était-il un faux ?

— Non, c'était bien le vrai collier du pharaon offert à la reine par le roi Farouk. Et il a bien été volé. L'ennui c'est que nous ne sommes pas sûrs que c'est Sir Robert Bellington qui soit coupable.

— Sa lettre d'aveu ne vous suffit pas !

— Non, car une autre « coupable » vient de se dénoncer.

— Une complice ?

— Non, quelqu'un qui s'accuse d'avoir volé, seul, le collier. Tenez-vous bien, maître ! Il s'agit de Mrs Helen Mac Lohan.

Me Penwick porta les deux mains à son cœur et resta muet, la bouche ouverte, comme transformé en statue de la Stupéfaction.

L'huissier sorti, dans un tourbillon de grands gestes indignés qui le faisaient ressembler de plus en plus à un corbeau, le major Ronson et l'inspecteur Buckingham se regardèrent avec perplexité.

— Évidemment, murmura l'inspecteur Buckingham, ce stupide vampire va mettre sur son rapport que deux voleurs se sont dénoncés. La reine va être tout à fait troublée en le lisant.

— Pour ne pas dire déconcertée, opina le major.

— Notre devoir serait peut-être de la prévenir nous-mêmes de ces étranges circonstances.

— C'est bien délicat, tant que nous n'aurons pas tiré au clair quel est le vrai coupable.

Les deux hommes n'eurent pas à débattre plus longtemps de ce problème, car le téléphone sonna sur le bureau du major qui décrocha, écouta, répondit d'une voix déférente : « Bien Madame », et raccrocha.

— C'était la reine, dit-il. Elle nous attend dans son bureau. Tout de suite.

8

— Messieurs, dit la reine, je vous ai convoqués pour vous demander d'agir avec la plus grande prudence dans votre enquête sur la disparition de ce collier. Bien entendu, je ne cherche pas à entraver l'action de la justice. Mais la question se pose de savoir s'il s'agit bien d'un vol.

— C'est une question que nous nous posons aussi, Madame, répondit le major Ronson. Nous avons même cru un instant qu'il pouvait s'agir d'une plaisanterie.

La reine fit entendre un léger « ho » de réprobation.

— Je viens d'avoir, reprit-elle, un entretien avec ma chère Helen Mac Lohan. Elle m'a montré la lettre que lui a envoyée mon secrétaire privé. Puis elle s'est précipitée à mes pieds et m'a déclaré que Sir Robert était innocent et qu'elle était seule coupable du vol. Vous imaginez, messieurs, mon désarroi !

— Il ne peut être plus grand que le nôtre, Votre Majesté, dit l'inspecteur Buckingham.

— N'est-ce pas ? reprit la souveraine. Comment croire que cette chère Helen ait pu me dérober quoi que ce soit, fût-ce une épingle à cheveux ? Elle est à mon service depuis des années. Je puis sans exagérer dire que c'est, de toutes mes dames d'honneur, celle en qui j'ai le plus confiance. Elle est la seule que j'aie autorisée à s'installer au palais, dans un des appartements du personnel. Elle a même son propre laquais. Je passe avec elle plusieurs heures par jour et nous échangeons volontiers des confidences. C'est une vieille amie de la famille. Elle a été la nurse de ma sœur Margaret. Que dis-je, amie de la famille ! Elle en fait partie ! Elle ne peut donc être soupçonnée de vol et il faut tenir ses aveux pour nuls bien que je ne me les explique pas.

— C'est, dès le début, ce que nous avons pensé, fit remarquer avec empressement le major Ronson.

— Je tiendrais le même discours en ce qui concerne mon secrétaire privé, continua la reine. Sir Robert lui non plus ne peut être soupçonné. La dévotion qu'il me porte est connue de tout le palais. Elle est si fervente qu'après en avoir été souvent touchée, j'en suis parfois presque gênée. Non ! Sir Robert ne peut m'avoir volée.

— Votre Majesté a certainement raison, opina l'inspecteur Buckingham. Et cela nous a nous-mêmes frappés.

— Ne vous êtes-vous pas demandé alors, inspecteur, pourquoi ces deux serviteurs si dévoués à ma personne se sont accusés de ce vol ?

L'inspecteur Buckingham se gratta le menton avec embarras.

— Certes, Madame, nous nous le sommes demandé. Mais nous avons d'abord pensé qu'il fallait retrouver ce bijou. N'appartient-il pas à Votre Majesté ?

— Êtes-vous sûr, inspecteur, que j'y tienne tellement ?

— Nous n'en sommes pas sûrs, Madame, mais nous ne savons pas pourquoi.

— Vous avez le droit de le savoir.

La reine appuya sur une touche. Un valet apparut.

— Je vous prie, Jim, fit la souveraine, d'aller chercher le Pr Herbert Nottingway et de l'amener ici.

Le Pr Nottingway, l'archéologue officiel du palais de Buckingham, s'inclina respectueusement devant la souveraine qui lui fit signe de se relever et l'entraîna un instant à l'écart. Il revint ensuite se camper devant les deux membres du Royal Protection Group.

— Messieurs, fit-il d'un ton professoral, il faut d'abord que je vous rappelle les événements qui survinrent après l'ouverture du tombeau de Toutânkhamon, le 29 novembre 1922. Le noble Lord Carnavon, qui avait financé la plus grande partie des fouilles, fut le premier à pénétrer dans le tombeau et à contempler ses trésors. Lorsqu'il en sortit un insecte le piqua. La plaie s'envenima. Le noble lord dut s'aliter. On le ramena en hâte au Caire où on l'hospitalisa. L'infection s'étendit aux poumons. Sa famille, alertée, arriva d'urgence de Londres pour trouver tout le personnel de l'hôpital affolé. Ces Égyptiens superstitieux étaient persuadés que Lord Carnavon avait été victime de la malédiction du pharaon. Des inscriptions sur le tombeau de Toutânkhamon menaçaient de mort « les vivants qui voudraient violer la tombe ». Il parut certain que Lord Carnavon était en train de succomber à la vengeance du pharaon. Épouvantée, la direction de l'hôpital fit transporter le mourant à l'hôtel Continental. Lorsque son fils, Lord Porchester, arriva à son chevet, Lord Carnavon était déjà dans le coma. Au moment précis où il rendit le dernier soupir, toutes les lumières de l'hôtel s'éteignirent. Lord Porchester apprit le lendemain que cette panne d'électricité avait affecté toute la ville du Caire. La compagnie d'électricité ne put fournir d'explication sur ce phénomène. En Angleterre, au moment exact du décès de Lord Carnavon au Caire, son chien se mit à hurler puis tomba raide mort.

« D'autres décès subits et inexplicables survinrent parmi les archéologues qui avaient pénétré dans le tombeau. Georges Bénédite du département égyptien du musée du Louvre fut frappé d'une congestion mortelle au sortir de la tombe. Il en fut de même pour Arthur Mace du Metropolitan Museum de New York. Toutânkhamon avait encore frappé !

Le Pr Nottingway regarda vers le plafond comme s'il consultait les mânes courroucés du pharaon et poussa un profond soupir.

— Je pense que vous avez compris, messieurs, intervint alors la reine, pourquoi je ne regrette pas tellement d'être débarrassée de ce collier. Il avait été déposé avec le trésor de la tombe de Toutânkhamon au musée du Caire. Le roi Farouk s'en est emparé pour me l'offrir en cadeau de mariage.

— Nous comprenons aisément que Votre Majesté ait souhaité éloigner d'elle ce bijou porteur à coup sûr d'une malédiction, fit l'inspecteur Buckingham d'une voix pénétrée.

— À coup sûr, inspecteur. Songez à tous les malheurs qui ont frappé ma famille depuis qu'il est entré dans ma cassette personnelle. À ma pauvre sœur si malheureuse, allant de fiançailles ratées à un divorce pénible. À la première union de ma fille Anne, brisée. À mes fils mal mariés à des filles qui ne les méritaient pas. Souvent, je me demande, dans le langage des simples, ce que j'ai pu faire au Bon Dieu pour connaître tant de calamités. Et parfois, je ne sais quelle voix secrète me souffle : « C'est la malédiction de Toutânkhamon. » Le pharaon m'en veut parce que je détiens le collier que l'on a volé dans sa tombe.

— « Malheur aux vivants qui violeront ma tombe ! » lança l'archéologue d'une voix sépulcrale, c'était écrit sur la porte de la chambre funéraire.

L'inspecteur Buckingham leva une main timide.

— Puis-je demander respectueusement à Votre Majesté pourquoi elle n'a pas fait exiler ce bijou funeste ? En l'enfermant par exemple à la Tour de Londres ?

Le Pr Nottingway ricana sinistrement.

— Cela n'aurait pas levé la malédiction. Il faut pour cela que le bijou change de propriétaire. C'est-à-dire qu'il soit donné, vendu ou volé.

— Je ne peux le donner ni le vendre, dit la reine. L'Égypte n'accepterait pas ce camouflet. Ce serait une source de complications diplomatiques.

— Il ne restait donc que le vol, conclut l'archéologue.

— Vous avez entendu, messieurs ! s'écria la reine. Ma seule chance que cette chaîne de malheur fût rompue était qu'on me volât ce bijou maléfique. J'ai bien dû le répéter cent fois en présence de mon secrétaire privé.

La souveraine pointa son doigt sur l'inspecteur Buckingham.

— Vous, inspecteur, dont j'ai toujours admiré l'esprit déductif, vous comprenez maintenant que je ne souhaite pas que l'on poursuive Sir Robert Bellington.

— Certainement, Madame. Il est parfaitement clair que Sir Robert n'a pris ce collier que pour être agréable à Votre Majesté.

— C'est ce que j'ai compris tout de suite, trancha la souveraine, ce garçon est d'un dévouement extraordinaire et mériterait d'être décoré. Il est probable qu'il se cache quelque part dans le monde, peut-être dans le fond de l'Amazonie avec ce bijou. Il doit souffrir mille morts de la part des moustiques et des caïmans mais il doit être heureux en songeant qu'il m'a sauvée de la terrible malédiction qui m'a poursuivie jusqu'à ce jour.

— Pauvre garçon, murmura d'une voix navrée le major Ronson, quel terrible sacrifice n'a-t-il pas fait là ! Il va sans doute se terrer dans sa cachette avec le collier maudit et ne jamais réapparaître.

— Vous saisissez maintenant, messieurs, conclut la reine, pourquoi je ne crois pas vraiment coupable de vol criminel Sir Robert Bellington. Et pourquoi je souhaite médiocrement qu'on le trouve lui et ce bijou.

— Nous le saisissons parfaitement, Madame, fit d'une voix déférente le major Ronson.

— Ce qui veut dire, intervint sèchement le professeur Herbert Nottingway, que vous allez arrêter immédiatement votre enquête et classer cette affaire. En tant qu'égyptologue, je sais que l'influx mauvais de ce collier est maintenant neutralisé. Il serait tragique que d'une façon quelconque il retourne dans la cassette de notre bien-aimée souveraine.

Les deux membres du Royal Protection Group devinèrent à un froncement de sourcil de la reine que l'audience était terminée. L'inspecteur Buckingham osa pourtant une dernière question.

— N'est-il pas étrange, Madame, que Mrs Mac Lohan se soit aussi accusée d'avoir volé le collier ?

— Ce n'est en rien étrange, répondit la souveraine. Cette chère Helen était également au courant des sentiments que j'éprouvais envers ce bijou. Elle a deviné certainement le sacrifice de Sir Robert quand elle a vu que la police, c'est-à-dire vous, messieurs, s'apprêtait à le poursuivre et à récupérer le collier risquant ainsi de rendre vain son abnégation. Elle s'est donc dénoncée pour détourner sur elle vos recherches.

— C'est aussi la marque d'un admirable dévouement à Votre Majesté ! s'exclama le major Ronson.

— Il reste encore heureusement, en Angleterre, quelques belles âmes, proclama la reine.

9

Un week-end s'était écoulé. D'un commun accord, le major Ronson et l'inspecteur Buckingham avaient décidé de classer provisoirement l'affaire du collier disparu puisque cela semblait souhaité par la reine.

La journée du lundi 15 novembre passée à fouiller tout le palais à la recherche d'hypothétiques bombes irlandaises avait été rude et les avait distraits de toute autre préoccupation.

Vers la fin de l'après-midi, l'huissier appela le Royal Protection Group.

— Que fais-je pour le constat ?

— Mettez qu'il y a des aveux de deux coupables, dit l'inspecteur Buckingham, et abstenez-vous de mentionner leur nom.

Le major et l'inspecteur étaient convenus de laisser Me Penwick à l'écart de tout ce que leur avait révélé la reine.

— Puisque la reine est au courant de la double confession de son secrétaire privé et de son habilleuse, fit observer le major, et qu'elle en connaît les motifs, inutile de nous préoccuper de l'effet que pourra lui faire ce constat.

— Il ne lui fera pas le moindre effet, dit l'inspecteur Buckingham d'une voix assurée.

Les deux hommes cherchaient un peu de réconfort à leurs fatigues du jour dans le whisky pur malt de la reine lorsque Mrs Mac Lohan fit irruption dans les bureaux du Royal Protection Group.

— Je viens tout vous avouer, messieurs ! s'écria-t-elle.

— Des aveux ? Encore ! s'étonna l'inspecteur Buckingham en saisissant à tout hasard son petit carnet écossais.

Le visage de la vieille habilleuse respirait la confusion.

— C'est la reine qui m'envoie, balbutia-t-elle. Elle m'a conseillé de tout vous dire.

— Nous vous écoutons, prononça d'une voix lasse le major Ronson.

— Eh bien voilà. Je reconnais solennellement que je n'ai pas volé le collier de Toutânkhamon. Si j'ai avoué l'avoir fait c'était pour écarter les soupçons qui pesaient sur Sir Robert.

— Pas possible ! s'écria le major Ronson, de son air le plus sérieux.

— La reine m'a dit que l'enquête était close et que mon sacrifice était inutile.

— Et elle a pensé, continua l'inspecteur Buckingham avec un demi-sourire, qu'il était convenable que vous veniez nous en avertir.

— Voilà. Je vous remercie de me faciliter les choses.

— Ce sera tout ? marmonna le major Ronson d'une voix légèrement excédée.

La vieille fille hocha la tête et tira de son sac une feuille de papier.

— J'ai pensé que vous seriez amusés, messieurs, par une certaine coïncidence que je qualifierais d'extraordinaire. Lisez plutôt le papier que je viens de recevoir au courrier de ce soir.

L'inspecteur Buckingham s'empara de la feuille de papier verte que lui tendait la vieille habilleuse. C'était un prospectus ronéotypé. Il le lut à voix haute.

Ce soir à 19 h 30 à la Salle Victoria, 13 Stamford Street
Conférence du Pr Michael King du British Museum

« La malédiction de Toutânkhamon »
Billets d'entrée sur place

— N'est-ce pas une coïncidence incroyable ?

— Tout à fait incroyable, fit l'inspecteur Buckingham en rendant le prospectus à la vieille fille. Et vous comptez assister à cette conférence ?

— Bien entendu, inspecteur. C'est la providence, dirait-on, qui m'envoie ce papier.

Elle fourra le prospectus dans son sac et se dirigea vers la porte.

— Je vous raconterai demain, messieurs, dit-elle avant de la refermer sur elle, ce que j'aurais appris de ce professeur.

L'inspecteur Buckingham médita quelques instants puis appela les renseignements au téléphone.

— Y a-t-il une salle Victoria au numéro 13 de Stamford Street, mademoiselle ?

— Non, lui répondit, après quelques secondes de recherches, l'employée des renseignements. À cette adresse je ne trouve qu'un entrepôt de matériel de travaux publics.

Aussitôt après, l'inspecteur appela le British Museum. Quand il raccrocha, son visage était soucieux.

— Il n'y a pas de Pr Michael King au British Museum, laissa-t-il tomber.

— N'est-ce pas très étrange, inspecteur, dit le major.

— Très étrange, *indeed*, major, répondit Buckingham.

L'inspecteur et le major avaient frappé en vain à la porte de l'appartement de Mrs Mac Lohan au deuxième étage du palais.

Le major Ronson consulta sa montre.

— Il est près de sept heures, dit-il. Elle a dû partir pour cette conférence.

— Donnée dans une salle de spectacle qui n'existe pas ! s'écria l'inspecteur Buckingham. Et par un professeur au

Museum qui n'existe pas non plus ! Cela ressemble à un piège. Il paraît évident qu'il a quelque rapport avec la disparition du bijou du pharaon. Je crois de mon devoir de suivre de plus près ces événements. Certes la reine m'a demandé de geler l'enquête sur la disparition du collier maudit. Mais je me sens aussi obligé de protéger Mrs Mac Lohan, un de ses plus proches serviteurs.

— Peut-être cette conférence imaginaire, dit le major, est-elle un prétexte qu'aurait trouvé Sir Robert Bellington pour rencontrer Helen Mac Lohan ?

— Quoi qu'il en soit, trancha l'inspecteur, je vais de ce pas me rendre au 13 Stamford Street pour tirer au clair cette étrange affaire. Le temps d'aller prendre mon chapeau melon dans mon bureau et j'y cours.

— Ma pensée vous accompagne, déclara le major Ronson. Je ne peux vous laisser seul, exposé à la malédiction du pharaon.

Les deux hommes s'esclaffèrent. Puis le rire se gela sur leurs lèvres. Ils se regardèrent avec gravité.

— Je crois que je vais emporter mon pistolet, dit l'inspecteur Buckingham.

Au passage, l'inspecteur Buckingham interrogea le portier du palais.

— Quelqu'un vous a-t-il remis en fin d'après-midi un pli destiné à Mrs Mac Lohan ?

— En effet, inspecteur. Je n'aurais sans doute pas remarqué le porteur de ce pli dans le flot de messagers qui me déposent presque sans arrêt des courriers divers, si celui-là n'avait pas été si étrange.

— Étrange, vraiment ! Pourriez-vous me le décrire rapidement ?

— C'était un petit homme brun et sec. Vêtu d'un blouson sans forme et d'un vieux jean. Il m'a quasiment jeté ce pli à la figure et s'est enfui comme s'il était poursuivi par le diable.

— Il l'était peut-être, murmura l'inspecteur Buckingham.

— Je n'aime pas du tout ces histoires, songea l'inspecteur dans la voiture de service qui l'emmenait vers Stamford Street. D'abord le vol de ce collier maudit, suivi de la disparition de Sir Robert. Puis cette conférence « bidon » qui ressemble à un piège où l'on voudrait attirer cette pauvre Helen. Enfin ce petit homme brun qui s'enfuit après avoir remis ce pli, comme si il était poursuivi.

— Il semble, fit pour lui-même l'inspecteur Buckingham, d'une voix mi-grave, mi-plaisante, que Toutânkhamon soit bien rancunier.

10

L'inspecteur Buckingham descendit de voiture et demanda au chauffeur de l'attendre. Au 13 Stamford Street s'ouvrait un vaste porche, fermé par une double porte métallique. Un avis était collé sur le vantail de droite : « Changement d'adresse. Pour joindre la firme de travaux publics Leacock & Co. s'adresser au 28 Southwark Street ». Les portes de fer étaient entrouvertes comme si l'entrepôt était abandonné. L'inspecteur les poussa et pénétra dans un couloir jonché de vieux papiers, de boîtes de conserves et de bouteilles vides. Des plaques de carton attestaient que des clochards devaient y passer la nuit. Au fond du couloir bâillait une autre porte à deux vantaux que l'inspecteur écarta pour pénétrer dans une vaste salle chichement éclairée par une verrière sale. Il imagina quelle avait pu être la surprise d'Helen Mac Lohan lorsqu'elle s'était retrouvée dans ce sinistre hangar. Le sol était boueux et une odeur de rat crevé flottait dans l'air. La vieille habilleuse avait certainement pensé que le rédacteur de l'invitation s'était trompé d'adresse ou qu'elle l'avait mal lue. Elle avait dû la sortir de son sac pour vérifier le numéro de la rue. L'inspecteur aperçut à ses pieds un papier froissé d'une couleur verte. Aussi vert que le carton de Mrs Mac Lohan. Il ramassa la feuille. C'était bien cela. Mrs Mac Lohan, dépitée, avait dû le jeter et s'éloigner en pestant. L'inspecteur remarqua alors, gisant dans la boue, non loin de l'endroit où était le papier, quelques épingles à cheveux. Curieux que Mrs Mac Lohan ait choisi ce moment et cet endroit pour refaire son chignon ! Un peu plus loin, la boue semblait avoir été piétinée. Plus loin encore de longues stries se dirigeant vers une petite porte semblaient indiquer qu'un paquet ou un sac avait été traîné dans sa direction.

L'inspecteur Buckingham avait sorti son pistolet de sa poche et l'avait glissé dans sa ceinture. Il s'était ensuite avancé à pas prudents et silencieux vers la petite porte.

Il n'eut pas à l'enfoncer comme il s'y préparait, ramassé sur lui-même : elle n'était pas fermée à clef. Elle s'ouvrait sur un couloir obscur. L'inspecteur Buckingham tendit l'oreille. Il lui sembla entendre comme un halètement. Il sortit son pistolet de sa ceinture, l'arma et s'avança dans le couloir. Il marchait sur la pointe des pieds, prêtant toujours l'oreille. Le halètement se précisa. C'était un souffle court, rauque comme celui d'un animal blessé. Au fond du couloir, l'inspecteur découvrit une petite pièce éclairée par un soupirail. Au centre du plancher remuait faiblement une masse noire. L'inspecteur se pencha. Le souffle court se résolvait maintenant en sourds gémissements.

— *My God !* s'écria l'inspecteur, je connais cette voix.

Il se pencha plus encore et se releva, le visage marqué par la stupeur.

— Mrs Mac Lohan ! articula-t-il avec peine.

Il écarta le pan de corsage déchiré qui recouvrait le visage de la vieille habilleuse.

— Seigneur ! bégaya-t-il, ils ont osé la torturer !

Sans s'arrêter, pour l'instant, sur le problème de savoir qui pouvaient bien être ces « ils », l'inspecteur Buckingham se préoccupa d'abord de venir au secours d'Helen Mac Lohan. Il essuya son visage couvert d'hématomes et de quelques coupures qui saignaient. Puis il tenta de la prendre sous les aisselles pour la porter jusqu'à la voiture.

La voix de Mrs Mac Lohan s'éleva alors, étonnamment ferme.

— Ne vous donnez pas cette peine, inspecteur, je crois que je vais pouvoir me relever seule.

La vieille dame y parvint en effet, appuyée sur l'épaule de l'inspecteur.

— Tout va aller mieux, maintenant, prononça-t-elle avec assurance. Le choc est passé.

Elle prit le bras de l'inspecteur, éberlué par sa faculté de récupération, et s'avança à petits pas dans le couloir jusqu'au hangar.

— C'est là, dit-elle, qu'ils m'ont sauté dessus. Deux hommes avec des masques de carnaval. Des masques terrifiants.

— Terrifiants, vraiment ?

— Oui. L'un avait un masque de Margaret Thatcher, l'autre de Bill Clinton.

— En effet, reconnut l'inspecteur, vous avez dû être secouée.

— Je suis la descendante d'une vieille famille alliée aux rois d'Écosse et il en faut plus pour me secouer.

— Vous n'avez aucune idée de l'identité de vos agresseurs ?

— C'étaient des hommes. Des hommes jeunes à en juger par leurs voix. Ils s'exprimaient brutalement mais sans accent populaire. Des gens de la classe moyenne aisée, à mon avis. Ils m'ont quand même torturée. À coups de poing et en me piquant le visage avec un couteau.

L'inspecteur hocha la tête et lâcha un profond soupir.

— Des gens des meilleurs milieux sont hélas contaminés par l'épidémie de violence qui sévit à la télévision.

— J'ai eu très peur. Ces garçons semblaient comme fous. Ils m'ont traînée dans la petite pièce où vous m'avez trouvée et m'ont interrogée avec des tremblements dans la voix comme si leurs vies dépendaient de mes réponses.

— N'était-ce pas plutôt la vôtre, madame, qui y était suspendue ?

— C'est ce qu'ils m'ont expliqué d'emblée. Ou je leur disais tout ou ils me « crevaient la panse », selon leur expression, dont la vulgarité jurait avec leur accent bourgeois.

— Tout sur quoi ?

— Mais sur le collier de Toutânkhamon, voyons, inspecteur ! Ils étaient persuadés que c'était moi qui l'avais subtilisé. J'ai tenté de les convaincre du contraire. Mais ils ne voulaient pas croire que l'auteur du vol eût pu être le digne Me Penwick, l'aristocratique vicomte Chesterfield ou le secrétaire privé de la reine. Dans leur esprit, il ne pouvait avoir été chapardé que par une personne de condition modeste. Et pour eux une habilleuse avait ce profil.

Mrs Mac Lohan se redressa, en tentant de rajuster son corsage déchiré.

— Ces jeunes imbéciles ne savaient pas que l'habilleuse de la reine jouit d'un rang élevé à la cour et fait partie des dames d'honneur.

— Ils écoutent tant de sottises à la télévision, qu'ils n'ont pas le temps de se tenir au courant des choses sérieuses, commenta tristement l'inspecteur. Il est cependant étrange qu'ils aient su qui assistait à la revue des bijoux de la reine. Et que ce vol avait eu lieu.

Mrs Mac Lohan avait sorti un grand mouchoir à liséré bleu de son sac et tentait d'enlever la boue qui maculait sa jupe.

— En tout cas, ils ont eu beau me frapper et me piquer avec leurs couteaux, fit-elle avec superbe, je ne leur ai pas dit la vérité, c'est-à-dire que le collier avait été volé par Sir Robert. Du moins dans un premier temps...

L'inspecteur saisit la main de la vieille habilleuse et la serra avec chaleur.

— C'est tout à votre honneur, madame.

— N'est-ce pas ? J'étais très fière de moi.

— Ils sont donc repartis bredouille en vous abandonnant, prostrée, sur le plancher de la petite chambre où je vous ai trouvée.

Mrs Mac Lohan dégagea sa main de celle de l'inspecteur.

— Malheureusement, inspecteur, ils ne sont pas repartis bredouille. Je leur ai finalement tout dit.

— Vous leur avez révélé que le collier avait été pris par Sir Robert !

— Oui. Tant que ces misérables se contentaient de me frapper au visage et de me piquer les joues, j'ai tenu bon. Mais devant mon obstination, ils ont proféré une horrible menace. Si je m'obstinais à me taire, ils n'hésitaient pas à me violer ! J'étais prête à supporter les pires supplices sans parler. Mais là, comprenez-moi, inspecteur, j'ai dû capituler.

L'inspecteur Buckingham n'osa faire aucun commentaire. Il se souvint que sous la même menace, des vierges chrétiennes sommées par des procureurs romains d'abjurer le Christ avaient tenu bon. Mais ce n'étaient peut-être pas des vieilles filles endurcies.

— Je ne peux me permettre de vous faire aucun reproche, murmura-t-il. L'honneur d'une femme passe avant tous les bijoux du monde.

Lorsque l'inspecteur Buckingham proposa d'appeler une ambulance, Mrs Mac Lohan se récria :

— Vous n'y pensez pas, inspecteur. Toute cette affaire doit rester entre nous. Pas d'ambulancier dans le secret de cette embuscade. Vous pensez bien qu'il serait trop intrigué par l'état de mon visage. Il voudrait m'emmener à l'hôpital. La police serait vite alertée. Or cette affaire de bijou volé à la reine doit, en raison de ses circonstances particulières, rester secrète, comme vous le savez.

— J'abonde dans votre sens, madame. Elle doit rester du domaine exclusif du Royal Protection Group. Cependant je n'avais pas l'intention de vous faire conduire à l'hôpital, mais à votre appartement au palais.

— Votre voiture de service suffira amplement si vous me prêtez votre manteau pour que je puisse cacher les dégâts subis par ma robe. Quant à mes ecchymoses, la nuit les dissimulera aux yeux des curieux, s'il en est qui circulent encore à cette heure dans cette rue sinistre.

Tandis que la voiture les ramenait par le pont de Waterloo vers le palais de Buckingham, l'inspecteur notait sur son petit carnet écossais les nouvelles questions que posait l'agression perpétrée contre la vieille habilleuse.

Qui avait mis les agresseurs au courant du vol du collier de Toutânkhamon ? Qui leur avait dit que Mrs Mac Lohan était alors présente dans le salon de la reine ?

À quoi pouvait leur servir l'information qu'ils avaient arrachée puisque Sir Robert avait disparu ? Pourquoi enfin, des gens de milieu apparemment convenable — en Angleterre l'accent ne trompe jamais — et qui n'étaient donc pas des gangsters professionnels s'intéressaient-ils à ce collier, fort connu par-dessus le marché de tous les experts et donc invendable ?

À la première question, l'inspecteur Buckingham n'avait qu'une réponse : l'informateur ne pouvait être qu'une des personnes présentes à l'inventaire : l'huissier, son clerc, le vicomte, Sir Robert ou (hypothèse *a priori* absurde) Mrs Mac Lohan elle-même.

11

Le major Ronson accueillit d'un air bougon, le lendemain matin, le récit de ces péripéties.

— C'est bien ennuyeux, soupira-t-il. Comptez-vous, inspecteur, rouvrir ce dossier que la reine nous avait suggéré de laisser dormir ?

— Cette agression contre Mrs Mac Lohan lui donne un tour nouveau. Il y a quelque part à Londres un groupe de gens qui savent 1) que le collier a été volé, 2) qu'il est maintenant en possession de Sir Robert Bellington. Que vont-ils faire ? En vérité ce sont eux qui sont en train de rouvrir ce dossier.

L'inspecteur médita quelques instants, la mine fort préoccupée.

— Je crois, major, annonça-t-il d'une voix solennelle, que la loyauté et la prudence m'obligent à prendre conseil de Sa Majesté.

— Sa Majesté va être furieuse que nous reprenions l'enquête. Elle nous a laissé entendre qu'elle était secrètement satisfaite que ce collier qui lui portait malheur ait disparu. Vous vous exposez à sa colère, inspecteur.

— Je crois plutôt que Sa Majesté serait fort mécontente que nous laissions molester son habilleuse et dame d'honneur sans réagir.

— Entre ces deux périls, il est difficile de trancher, convint le major Ronson.

— C'est pourquoi, opina l'inspecteur Buckingham, il convient de laisser la décision à notre souveraine.

La reine n'hésita pas.

— Non seulement je vous autorise à rouvrir ce dossier, inspecteur Buckingham, mais je vous l'ordonne !

Elle serra les poings dans un geste d'agacement qui lui était familier.

— Il faut savoir tout de suite, je dis bien : tout de suite, inspecteur, d'où vient la fuite. Personne ne doit être à l'abri de vos investigations, si haut placé qu'il soit.

— Vous voulez dire, Madame, que je peux soumettre à des recherches et même, au besoin, faire suivre le vicomte, au même titre que l'huissier et son clerc ?

— Sans aucun doute, inspecteur. Ce vieux gentleman ne me soucie guère. Son emploi est purement honorifique et il y a été nommé par mon père le roi Georges VI. C'est un de ces parasites de cour qu'on me reproche tellement et auxquels je ne peux pas toucher sans soulever des tempêtes chez les traditionalistes. Il vit d'ordinaire dans son château du Surrey avec une vieille épouse qu'on ne voit jamais à Londres où il s'affiche souvent avec des créatures et jusqu'à des danseuses.

— Je peux vous assurer, Votre Majesté, que je ne chercherai pas à le ménager.

— Ce vieux gentleman ne m'inspire aucune confiance, murmura la reine.

Elle soupira avec lassitude.

— Il serait pourtant triste de rencontrer des traîtres jusque sur les marches du trône.

La souveraine serra à nouveau nerveusement les poings.

— Si je vous ordonne de rouvrir ce dossier, inspecteur, et de reprendre l'enquête à zéro, c'est pour cette raison : qu'une bande de gangsters soit au courant de ce vol laisse peser un grave danger sur un membre de la famille de Sir Robert. Il s'agit de sa sœur Janet. Elle a téléphoné hier soir pour informer mon secrétariat des instructions qu'elle avait reçues de son frère.

La reine consulta une feuille de papier posée sur son bureau.

— La communication a été prise par Charles Anson, mon attaché de presse, qui assure l'intérim de Sir Robert. Cette Janet a donc reçu le 12 novembre dans la matinée, juste après la disparition du collier, un coup de téléphone de son frère qui lui donnait rendez-vous d'urgence à treize heures à l'aéroport d'Heathrow à la porte d'embarquement du vol British Airways pour Paris. Là, son frère lui a remis une serviette de cuir contenant le collier de Toutânkhamon. Il lui a expliqué qu'il avait subtilisé le bijou à ma cassette, mais qu'il n'était pas un voleur. Il ne voulait pas prendre le risque de passer les frontières avec cet objet d'art. Il le lui remettait donc, à charge de le négocier. Il lui avait donné le nom d'un acheteur possible, un certain Marcus Campbell. Cette Janet avait pour instruction de remettre ensuite le produit de cette vente à telle ou telle œuvre de charité que je lui désignerais.

La reine redressa la tête, avec une expression émue.

— Je reconnais bien là, dit-elle, l'infinie délicatesse de Sir Robert.

Elle consulta encore la feuille de papier où Charles Anson avait noté l'essentiel de cet extraordinaire appel téléphonique.

— Sir Robert, poursuivit la reine, avait enfin enjoint sa sœur de me faire connaître tous ces détails. Elle a avoué avant de raccrocher qu'elle ne comprenait rien à toute cette histoire.

La reine ajouta d'une voix préoccupée :

— Et maintenant, j'ai peur pour elle, inspecteur Buckingham. Que se passerait-il si les canailles qui s'intéressent à ce collier apprenaient qu'elle l'a reçu en dépôt ?

— Comment le sauraient-ils ? objecta respectueusement l'inspecteur Buckingham.

— Et comment ont-ils su que ce bijou avait été volé ? rétorqua avec vivacité la souveraine.

12

Le service du personnel du palais avait fourni à l'inspecteur Buckingham quelques renseignements sur la famille de Sir Robert Bellington. Sa mère, veuve d'un conservateur de musée, vivait à Liverpool. Sa sœur, Janet, portraitiste, habitait au 27 Collier Street à Pentoville dans la banlieue nord de Londres. C'est sans doute en raison de sa profession et de ses relations artistiques que Sir Robert avait pensé à elle pour négocier le collier de Toutânkhamon.

La reine avait pressé l'inspecteur de tout faire, sans tarder, pour protéger Janet Bellington. Le mystérieux gang qui paraissait vouloir s'emparer du collier savait désormais par les aveux qu'il avait arrachés à Helen Mac Lohan que le « voleur » était Sir Robert Bellington. Pouvaient-ils avoir appris entre-temps que le collier se trouvait maintenant en possession de sa sœur Janet Bellington ? Il n'y avait que deux personnes à le savoir en dehors de l'intéressée : la reine et Charles Anson son attaché de presse. Il était donc peu probable qu'une fuite ait pu se produire en provenance du palais. Il aurait fallu qu'entre-temps, c'est-à-dire la veille au soir ou dans la matinée de ce mardi, Janet eût accompli une démarche qui eût été interceptée par l'énigmatique gang. Auquel cas, elle se trouvait dorénavant en danger.

Peut-être, songea l'inspecteur, avait-elle dans la soirée d'hier ou la matinée d'aujourd'hui contacté ce Marcus Campbell dont Sir Robert lui avait donné le nom comme celui d'un acheteur possible.

Qui était ce Marcus Campbell ? Un marchand d'antiquités ? Un riche amateur ?

Personne ne paraissait mieux placé, estima l'inspecteur Buckingham, que le Pr Herbert Nottingway, le vieil archéologue du palais, pour éclairer sa lanterne.

— Je suis en effet une des rares personnes à Londres, plastronna le Pr Nottingway, à pouvoir vous renseigner sur le mystérieux Marcus Campbell.

— Pourquoi « mystérieux » ?

— Tous les grands collectionneurs d'antiquités égyptiennes sont mystérieux. C'est un marché où tout se traite de façon cachée, je dirais presque occulte.

— À cause des fameuses malédictions des pharaons ?

— À cause de l'abondance de faux. Neuf sur dix des objets égyptiens prétendument antiques sont de fabrication moderne. Il y a en Égypte, soit autour du Caire, soit à Louxor, des quartiers d'artisans qui produisent jour et nuit des bagues, colliers, statuettes, bas-reliefs, imités de l'antique, et qui semblent d'autant plus authentiques que ces artisans emploient les mêmes méthodes que leurs ancêtres d'il y a trois ou quatre mille ans. Les faux s'entassent par tonnes dans les allées du grand marché du Caire. Il est impossible à un touriste ordinaire de détecter leur contrefaçon. Et très difficile aux spécialistes eux-mêmes. Les seules pièces incontestables sont celles qui ont un pedigree officiel attesté par des documents écrits, tels des actes de vente en salles publiques ou des factures indiquant la provenance de l'objet, et enfin des estimations d'experts.

— Quelles complications ! soupira l'inspecteur Buckingham.

— Il n'y a guère que les momies d'ibis qui restent à l'abri de ces exigences.

— Pourquoi donc ?

— Parce qu'on en a déjà déterré quinze millions. Plus qu'il n'existe d'acheteurs potentiels. Il serait donc absurde d'en réaliser des copies. Notez bien cela, inspecteur. Si vos fonctions ou vos vacances vous amènent au Caire, achetez les yeux fermés la première momie d'ibis qu'on vous présentera. Ce sera sûrement une vraie momie d'ibis.

— Je ne manquerai pas de suivre votre conseil, professeur, assura l'inspecteur avec courtoisie.

Il ne fallait jamais contrarier le Pr Nottingway, toujours prompt à prendre la mouche et à se renfermer dans un silence méprisant.

— Dois-je comprendre, reprit timidement l'inspecteur, que les très grands amateurs d'art égyptien, tel par exemple ce Marcus Campbell, constituent un club très fermé à l'intérieur duquel circulent des informations exclusives ?

— Et qui restent secrètes le plus longtemps possible. Les transactions sont délicates et doivent être entourées de toutes sortes de précautions. Les objets vraiment rarissimes sont négociés de gré à gré. Ils n'apparaissent presque jamais en salle des ventes. L'intérêt des membres de ce petit club est en effet que les prix restent raisonnables et ne se déchaînent pas par l'arrivée de spéculateurs internationaux comme cela s'est produit pour la peinture impressionniste française.

— Pourtant cette inflation des prix les enrichirait ! objecta l'inspecteur Buckingham.

— Oui ! Mais de nouveaux achats leur seraient dès lors inaccessibles. La plupart d'entre eux considéreraient cela comme une insupportable privation. Ces grands amateurs internationaux collectionnent par passion et non pour s'enrichir. Tout cela vous explique, inspecteur, pourquoi leur club est si fermé et leurs transactions si pleines de mystère. D'autant plus qu'ils ont parfois à redouter la justice. Une grande partie des objets antiques qu'ils s'échangent et une part croissante de ceux qui leur sont proposés ont été volés.

L'inspecteur Buckingham leva les bras au ciel.

— Ils seraient donc, en quelque sorte, des receleurs !

— Ils le sont fatalement. Le vol d'objets d'art égyptiens est un sport qui remonte à la plus haute antiquité. Déjà, du temps de Ramsès II, les voleurs de tombes pillaient celles de ses ancêtres. Depuis trois mille ans, ces vols n'ont pas cessé. Il y a encore des millions de tombes remplies de trésors enfouis dans les sables égyptiens. Les paysans qui en découvrent une se gardent bien de la signaler aux autorités et écoulent eux-mêmes, en fraude des règlements, les objets qu'elle contient. Ils ne manquent jamais d'acheteurs et parmi ceux-ci les plus grands marchands internationaux. Enfin, il y a les vols perpétrés dans les musées. Les réserves du musée du Caire sont si énormes que les larcins y passent inaperçus. Je vous signale au passage que le collier de Toutânkhamon offert à la reine pour son mariage a été froidement prélevé, je devrais dire « piqué », par le roi Farouk dans une vitrine du musée.

— Oh ! s'exclama, choqué, l'inspecteur Buckingham. Ce roi de carnaval avait eu l'audace d'offrir à la fille de notre roi Georges VI un bijou volé !

— Et doublement volé puisqu'il avait été déjà arraché par les archéologues au tombeau de Toutânkhamon.

— Je comprends, murmura l'inspecteur, pourquoi la reine fut si peu affectée par sa disparition.

— En effet, elle souffrait dans sa noble probité d'en être considérée comme le propriétaire. Sans compter qu'elle s'était persuadée qu'il portait malheur.

L'inspecteur hocha la tête d'un air méditatif.

— Et il semble que sur ce point notre bien-aimée souveraine ne se soit pas trompée. Ce maudit collier a déjà attiré de graves ennuis à Mrs Mac Lohan.

— Elle m'a conté ses malheurs, dit le Pr Nottingway. Et je crains que cela ne soit qu'un début.

— Que voulez-vous dire ? S'exclama l'inspecteur d'une voix alarmée.

— Je suis inquiet, car la malédiction du pharaon pourrait bien retomber maintenant sur Janet Bellington, la sœur de Sir Robert.

L'inspecteur Buckingham ne cacha pas sa stupéfaction.

— Qu'est-ce qui vous le fait croire, professeur ?

— Parce que c'est elle qui détient le collier.

— Comment le savez-vous ?

— Parce que Sir Robert Bellington, la veille de l'inventaire des bijoux de la cassette royale, m'a demandé, d'un air si détaché que j'en ai été intrigué, si je connaissais un amateur d'art égyptien en qui on pouvait avoir confiance. Sa sœur Janet, prétendait-il, possédait quelques pièces intéressantes de ce genre dont elle songeait à se débarrasser. Je lui ai indiqué le nom de Marcus Campbell. Lorsque le collier de Toutânkhamon a été volé et que Sir Robert a disparu, je me suis cru autorisé à conclure qu'il avait remis le collier à sa sœur et que celle-ci ne tarderait pas à contacter Marcus Campbell.

13

Si ça continue, songea l'inspecteur Buckingham, bientôt toute l'Angleterre sera au courant du vol du collier de Toutânkhamon que la reine voulait tant garder secret.

Dans l'immédiat, il se demandait avec inquiétude si le mystérieux gang qui cherchait à s'emparer de ce bijou avait pu apprendre que Sir Robert Bellington l'avait confié à sa sœur Janet.

Le vieil archéologue aurait-il pu bavarder ? Ou Marcus Campbell, que Janet Bellington avait dû contacter aussitôt le collier en sa possession ?

L'inspecteur Buckingham pressait le chauffeur — un policier du Royal Protection Group — qui le conduisait en cette fin de matinée, à travers les encombrements du centre de Londres vers le pavillon de Janet Bellington, la portraitiste, sœur de Sir Robert, dans le quartier de Pentonville. Il était agité de noirs pressentiments. La reine lui avait inoculé son angoisse. Il était à craindre que Janet Bellington fût en danger et subît à l'instar de Mrs Mac Lohan une agression de la part du mystérieux gang. L'étrangeté de la situation frappait l'inspecteur. Pourquoi ce groupe de malfaiteurs cherchait-il à s'emparer de ce bijou qu'il était presque impossible de revendre, tant il était connu ? Serait-il financé par un riche amateur, guidé, non par le souci du lucre, mais par sa seule passion de collectionneur ?

Ou encore, rêva l'inspecteur Buckingham, un groupe d'adversaires de la royauté comploterait-il de s'emparer du collier pour le restituer à la souveraine, obliger celle-ci à le replacer dans sa cassette personnelle et perpétuer ainsi la malédiction du pharaon jusqu'à ce que le trône d'Angleterre s'effondre ?

La voiture de service du Royal Protection Group, qui ne portait jamais aucun signe distinctif, stoppa devant un petit pavillon de briques à parements blancs au 27 Collier Street. Tous les volets étaient clos. Janet Bellington se levait-elle tard comme beaucoup d'artistes ? Ou était-elle partie en voyage ?

L'inspecteur Buckingham sonna à la porte. Personne ne vint ouvrir. Il s'obstina sur le bouton de la sonnette. Sans résultat. Du pavillon voisin, exactement semblable à celui de Janet Bellington, une voix l'interpella. L'inspecteur leva la tête et aperçut le visage ridé d'une vieille dame en bonnet blanc.

— Vous voulez voir Janet Bellington ?

— Certainement, rétorqua l'inspecteur. Vous voyez bien que je sonne à sa porte.

— Je le vois bien ! Je vois aussi qu'elle ne vous ouvre pas.

La vieille dame lâcha un gloussement.

— Elle doit être encore dans les vapes.

— Vous êtes sûre qu'elle n'est pas sortie ?

— Pensez-vous ! Elle cuve son vin. Ou pire. Mais c'est la première fois que ses volets restent fermés si tard.

La vieille dame ricana.

— Ou alors elle est morte d'une overdose. C'est comme ça que finissent presque toujours ces jeunesses dévergondées.

L'inspecteur Buckingham n'hésita plus. Il appela le chauffeur.

— Vous avez pris le matériel de serrurerie ?

— Je le fais toujours, inspecteur, quand je vous accompagne. Il y a tout ce qu'il faut, même pour les serrures les plus compliquées.

— Alors ouvrez-moi cette porte, mon vieux.

La porte s'ouvrit facilement au premier tour de passe.

— Notre client ne s'est pas enfermé à clef, fit remarquer le chauffeur.

Ce qui étonna quelque peu l'inspecteur Buckingham. Dans toutes les banlieues de Londres où les cambriolages étaient fréquents, chacun s'enfermait le soir à double tour. *A fortiori* une femme seule aurait-elle dû le faire.

L'entrée du pavillon était encombrée de toiles, paysages, natures mortes, portraits. L'inspecteur ne s'attarda pas à les examiner. Un bref coup d'œil l'avait toutefois convaincu qu'il ne s'agissait pas de chef-d'œuvre. Le pavillon était pourtant spacieux et élégant. Janet Bellington devait avoir une petite clientèle locale qui se recrutait par cooptation. Chacun voulait désormais avoir le portrait de son conjoint ou de ses enfants accroché dans le living-room. C'était autrement plus chic qu'une photo. Il y avait paraît-il à Londres plus de portraitistes qu'il n'y en avait jamais eu avant l'invention de la photographie.

À gauche de l'entrée, une double porte dont un des vantaux était entrouvert. L'inspecteur Buckingham le poussa et entra dans une pièce imprégnée d'une forte odeur de peinture. Sans doute l'atelier. Les volets étaient fermés. L'inspecteur tâtonna sur le mur dans la pénombre, trouva un interrupteur et le poussa.

— Cré nom ! s'exclama le chauffeur qui l'avait suivi, un macchab !

Une femme en peignoir était étendue sur le ventre, de tout son long, au milieu de la pièce. Son visage était ensanglanté.

L'inspecteur Buckingham se pencha vers elle. Un faible souffle s'échappait de ses lèvres, entrecoupé de gémissements. L'inspecteur la souleva et la traîna jusqu'à un grand canapé qui occupait un des côtés de la pièce.

— Tâchez de découvrir où est la salle de bains, lança-t-il au chauffeur, et rapportez-moi une serviette et une cuvette d'eau.

Tandis que le policier explorait les lieux, l'inspecteur examina le visage de la blessée. C'était celui d'une femme jeune, aux traits fins et aux longs cheveux blonds. Il avait été déchiré avec un instrument à dents pointues. Une fourchette ? Le bras de la jeune femme agrippa celui de l'inspecteur Buckingham. Elle tenta de parler. Une bulle rosâtre se forma entre ses lèvres tuméfiées. L'inspecteur se pencha. Il saisit quelques mots balbutiés :

— Ce matin... Ce matin...

— Vous voulez dire qu'ils sont venus ce matin ?

— Oui... Très tôt...

— Qui était-ce ?

— Deux hommes. Un grand blond et un petit brun... avec des masques...

— Des masques représentant Margaret Thatcher, peut-être ?

— Non... le prince Charles...

Le chauffeur revenait avec une cuvette d'eau et une serviette. L'inspecteur Buckingham entreprit de nettoyer le visage de la jeune femme. Ses joues étaient striées de raies parallèles. Elle restait pourtant ravissante.

— Qui vous a fait ça ? lui demanda-t-il d'une voix horrifiée.

— Le petit brun... avec ses ongles... Ils hurlaient tous les deux...

— Pourquoi ? Que vous voulaient-ils ?

— Le collier... ils voulaient le collier...

— Le collier de Toutânkhamon que vous avait confié votre frère ?

— Oui... Le collier...

— Est-ce que vous le leur avez donné ?

— Non... Je ne l'avais plus.

— Où est-il donc ?

— Un type... Hier... Il l'a pris.

— Un voleur ?

— Non, un type envoyé... envoyé par Campbell.

— Ils ne vous ont pas crue ?

— Non... Partout... Ils ont fouillé partout... Ils m'ont battue...

Janet Bellington s'était assise. L'inspecteur lui cala le dos avec un coussin.

— Apportez-moi un whisky, murmura-t-elle, un double. Vous trouverez une bouteille sur la commode.

L'inspecteur Buckingham s'empressa. Il y avait un verre à côté de la bouteille.

— Pas besoin de glace, lança Janet Bellington.

Sa voix était encore faible, mais déjà assurée. Elle récupérait vite, songea l'inspecteur Buckingham. La jeune femme avala plusieurs gorgées de whisky d'un trait et se renfonça dans le coussin avec un soupir.

— Je ne bois jamais le matin, dit-elle, mais les circonstances sont exceptionnelles. C'est la première fois qu'on entre chez moi en forçant une porte.

— La porte d'entrée ? demanda l'inspecteur.

— Non, celle de la cuisine qui donne sur le jardin derrière. Mais ils sont sortis tranquillement par la porte d'entrée. Ils en avaient pris les clefs dans mon sac.

Ce détail frappa l'inspecteur Buckingham.

— Ne vous ont-ils pris rien d'autre ?

— Je n'en sais rien. Donnez-moi donc mon sac. Il est là sur le tapis.

L'inspecteur ramassa le sac, une vaste poche en cuir noir. Janet Bellington le fouilla soigneusement.

— Ils n'ont pas volé l'argent. C'est étonnant. J'avais près de deux cents livres dans le porte-monnaie.

Elle fouilla encore son sac.

— Ils n'ont heureusement pas trouvé le chèque de six cent mille livres que m'avait remis en échange du collier l'envoyé de Marcus Campbell. Cela aurait été très embêtant car le nom du bénéficiaire avait été laissé en blanc. Ceci afin que je puisse y inscrire le nom d'une œuvre de charité que me désignerait la reine.

L'inspecteur Buckingham nota toutes ces déclarations sur son petit carnet écossais. Une chose paraissait maintenant certaine : les agresseurs de Janet Bellington, sans doute les mêmes que ceux d'Helen Mac Lohan, n'étaient pas des voleurs ordinaires. Ils ne s'intéressaient qu'au collier maudit !

— Une dernière question, Miss Bellington. Savez-vous où se cache votre frère, Sir Robert ?

La jeune femme marqua un moment d'hésitation.

— Je ne saurais vous le dire, inspecteur.

— Cela signifie-t-il que vous ne voulez pas me le dire ?

Janet Bellington haussa les épaules et se tut.

14

L'inspecteur Buckingham appela le lendemain matin Marcus Campbell à son domicile.

Le collectionneur lui donna rendez-vous à dix heures dans la section égyptienne du British Museum.

— Ce sera plus anonyme, expliqua-t-il à l'inspecteur au téléphone. J'ai l'impression depuis ce matin que mon domicile est surveillé. J'habite en bordure de Berkeley Square. En ouvrant les volets de ma chambre tout à l'heure j'ai cru remarquer qu'un homme vêtu d'un pardessus noir m'observait de derrière un arbre. J'ai fixé mon regard sur lui. Il a tenté aussitôt de se dissimuler entièrement contre le tronc. Puis, il a glissé un œil et voyant que je l'observais toujours, il s'est enfui en relevant le col de son manteau. Il a rejoint une voiture où l'attendait sans doute un complice car elle a démarré avant même qu'il en eut fermé la portière.

— Cet homme portait-il un masque ? demanda l'inspecteur.

— Non. Je ne crois pas. Pourquoi cela ? En pleine rue !

— Pour rien... Pour rien.

— Toujours est-il que cet incident m'a inquiété. Le récit que vous venez de me faire de l'agression dont a été victime à l'aube Janet Bellington a achevé de me convaincre qu'un danger indéfini me menace. Retrouvons-nous donc au Museum du côté des momies. Je prendrai les plus grandes précautions pour ne pas être suivi. Je sortirai par l'arrière de ma maison, vêtu d'un blouson de cuir, ce qui est loin d'être mon genre habituel, et je gagnerai le British Museum en prenant plusieurs taxis. Le premier me déposera en plein Regents Park d'où je pourrai facilement observer si une voiture me suit.

L'inspecteur Buckingham approuva fort ces précautions.

— C'est que, voyez-vous, inspecteur, à force de fréquenter les Égyptiens, j'ai acquis le sens du mystère.

Adossé à un sarcophage, les bras croisés, une casquette à carreaux rabattue sur les yeux, un gentleman de haute taille, au visage glabre, taillé à la hache et ressemblant étrangement au pharaon Akenathon, fit de la main un geste presque imperceptible à l'adresse de l'inspecteur Buckingham qui s'avança en jetant de côté et d'autre des coups d'œil méfiants. À cette heure matinale, ils étaient cependant tous deux les seuls visiteurs de la salle des momies de la section égyptienne du British Museum.

— Mr Marcus Campbell ? hasarda l'inspecteur.

— Lui-même, répondit le gentleman en casquette, tendant une main osseuse. J'espère qu'ici, seuls les mânes des pharaons nous entendront, ce qui est déjà presque trop.

Il soupira profondément en relevant du doigt sa casquette.

— Et dire, inspecteur, que j'espérais que cette transaction resterait secrète ! Janet Bellington m'avait assuré que personne ne savait qu'elle détenait ce collier.

— Vous avait-elle dit qu'il avait été volé à la reine ?

— Non. Mais je me suis posé la question lorsqu'elle m'en a fait parvenir la photo. Ce bijou était connu, décrit, répertorié. Il était peu probable qu'il puisse en exister un autre, identique.

— Vous avez pris néanmoins le risque de l'acheter.

— Un collectionneur est prêt à prendre tous les risques. Je pensais que personne ne le saurait. J'avais remis à Janet Bellington un chèque en blanc.

— Pourquoi ?

— Elle m'avait expliqué qu'elle voulait le faire endosser par une œuvre de charité. Mais cela m'arrangeait car cela rendait plus difficile de remonter la piste jusqu'à moi.

Marcus Campbell soupira profondément une nouvelle fois.

— Qui vous a appris, inspecteur, que Janet Bellington détenait ce collier ?

— La reine.

— La reine était donc au courant ! s'était exclamé Marcus Campbell. Je n'y comprends rien. Voulait-elle se débarrasser de ce bijou et avait-elle chargé Janet Bellington de le vendre ?

— Non. La reine ne pouvait se permettre de vendre un cadeau d'État. Ce collier lui avait été donné par le roi Farouk à l'occasion de son mariage avec le prince Philip.

— Alors, pourquoi Janet Bellington avait-elle en sa possession ce collier ? Il faut donc croire qu'elle l'avait volé.

— Elle ne vous a certainement pas dit cela.

— En voyant la photo je l'ai aussitôt soupçonnée. Et comment la reine a-t-elle appris ce vol ? Comment a-t-elle su que Janet Bellington détenait le collier ?

L'inspecteur Buckingham leva la main comme pour arrêter ce flot d'interrogations.

— Puisque la fréquentation des antiquités égyptiennes vous a appris, Mr Campbell, le sens du mystère, c'est l'occasion, me semble-t-il, d'en faire usage.

— Cela me contrarie énormément.

L'inspecteur Buckingham s'énerva.

— Ne seriez-vous pas beaucoup plus contrarié, Mr Campbell, si je vous plaçais immédiatement en état d'arrestation pour recel d'un bijou volé à la reine ?

Ce qui calma miraculeusement l'impétueux collectionneur.

— Je suis tout prêt à restituer ce collier, fit-il d'une voix humble.

— N'en faites surtout rien ! s'exclama l'inspecteur Buckingham.

— Quel est ce nouveau mystère ? Me l'expliquerez-vous ?

— Non.

— Et mon chèque ? Que va devenir mon chèque ?

— La reine en décidera.

— Encore un mystère !

— Encore un, Mr Campbell.

L'inspecteur et le collectionneur s'étaient éloignés du secteur des momies que les visiteurs du musée commençaient à envahir.

Marcus Campbell désigna une chambre funéraire égyptienne reconstituée dans la salle des tombeaux.

— Entrons là-dedans, proposa-t-il à l'inspecteur. Il n'y a place que pour deux personnes. On ne viendra pas nous déranger.

— C'est que je n'ai plus grand-chose à vous demander, fit l'inspecteur en se glissant dans la chambre funéraire. Deux points seulement restent à éclaircir. Où se trouve désormais le collier de Toutânkhamon ?

— Chez moi, dans ma maison de Berkeley Square, enfermé dans un coffre. Mais dès que je serai rentré chez moi, j'irai dans la minute le sortir de ce coffre et courir le porter à celui de ma banque. Ce collier me fait désormais peur. Je ne veux pas le garder chez moi une heure de plus !

— Il paraît en effet qu'il est maudit, murmura l'inspecteur Buckingham. Autre question, Mr Campbell. Quel est cet homme que vous avez envoyé hier chez Janet Bellington pour procéder à l'échange collier contre chèque ?

— Tony Brent... C'est un de mes hommes de confiance. Je ne désirais pas apparaître en personne lors de cette transaction. Il pouvait y avoir un piège. Tony Brent l'aurait sûrement flairé. C'est un expert.

— Un expert en antiquités égyptiennes ?

— Un expert en vol d'antiquités égyptiennes.

Marcus Campbell prit un air contrit.

— Voyez-vous, inspecteur, nous autres collectionneurs fous sommes forcés d'avoir affaire à toutes sortes de gens.

15

— Je crains, dit l'inspecteur Buckingham au major Ronson, que ce mystérieux gang, qui semble prêt à tout pour s'emparer de ce collier, ne s'attaque maintenant à Marcus Campbell. Je viens de le quitter et il s'inquiète. Il a l'impression d'être espionné.

— Comment sauraient-ils qu'il détient ce maudit bijou ? demanda le chef du Royal Protection Group.

— Par Janet Bellington. Lorsqu'elle a été assaillie et torturée ce matin par deux membres du gang, elle a craqué et leur a dit qu'elle l'avait remis à l'envoyé de Marcus Campbell. Le gang sait donc que le collier de Toutânkhamon est désormais en la possession de Marcus Campbell qui m'a confirmé lui-même qu'il l'avait enfermé dans son coffre. Il m'a dit aussi tout à l'heure qu'il était inquiet. Il s'est aperçu que des inconnus semblaient le guetter dans le square qui s'étend devant sa maison.

— C'est en effet très inquiétant. Que suggérez-vous, inspecteur ?

— Il me semble qu'il serait prudent de dépêcher sur-le-champ chez Marcus Campbell deux hommes de notre service. Pour le protéger d'abord contre toute attaque. Et surtout pour s'emparer de l'un ou l'autre des assaillants éventuels. Nous saurions enfin en les interrogeant pourquoi ils sont si acharnés à se procurer ce collier qui est pourtant trop connu pour être négociable.

— Peut-être agissent-ils pour le compte d'un autre collectionneur fanatique ? suggéra le major Ronson.

— C'est en effet la première idée qui m'est venue. Mais j'ai du mal à croire que des mœurs aussi violentes règnent dans ce monde d'amateurs d'art, qui passent pour être des gens délicats.

L'inspecteur Buckingham ajouta d'une voix hésitante :

— Il y aurait bien aussi une hypothèse tout à fait fantastique. Si fantastique que j'hésite à la formuler.

— Allez-y inspecteur, nous sommes déjà en plein fantastique avec ce vol de collier maudit !

— Eh bien... voilà... Je me demande parfois si des ennemis de la reine et de la famille royale, ayant appris qu'un de ses dévoués serviteurs avait réussi, en volant ce collier, à écarter d'elle la malédiction du pharaon, ne cherchaient pas à le récupérer pour le replacer dans la cassette royale.

— *By Jove !* Les salauds !

— N'est-ce pas, major ? Ces canailles s'assureraient ainsi que la malédiction du pharaon continuerait à frapper la reine et sa famille.

— Qui pourrait avoir d'aussi affreux desseins ?

— Des républicains, major !

L'inspecteur Buckingham avait regagné son bureau et avait entrepris de relire les notes qu'il avait accumulées depuis une semaine sur son petit carnet écossais.

Il était rempli de trop de points d'interrogation, vraiment ! Qui avait informé le mystérieux gang que le collier avait été volé pendant l'inventaire annuel de la cassette royale ? Qui lui avait révélé que Mrs Mac Lohan était présente ? Et que le collier avait été remis par Sir Robert à sa sœur ? Suivait une autre forêt de points d'interrogation. Le dernier, il l'avait inscrit à la suite de sa visite à Janet Bellington : ignorait-elle vraiment où se cachait son frère ?

L'inspecteur Buckingham en était là de ses réflexions lorsqu'un valet lui remit un billet signé de Charles Anson : « La reine vous attend dans son salon sur-le-champ. »

— J'apprends, inspecteur, lança la souveraine d'une voix irritée, que ce collier égyptien continue d'exercer sa malédiction. Après ma pauvre Helen qui a encore le visage couvert de pansements, voici que Janet Bellington a été attaquée. Ses assaillants exigeaient qu'elle leur remette le collier. Ce qu'elle n'a pu faire puisqu'elle l'a vendu hier à ce Marcus Campbell qui serait un amateur d'art. On a férocement griffé cette malheureuse au visage. Elle vient de m'en informer par téléphone. Ces horreurs doivent cesser, inspecteur ! Je compte sur vous pour mettre immédiatement la main sur les coupables.

— Que Votre Majesté soit assurée que je m'y emploie avec la plus grande ardeur.

— Qui sont ces mystérieux personnages qui songent à s'emparer du collier ?

— J'ai longtemps pensé, Madame, qu'il s'agissait de voleurs. Qui opéraient peut-être pour le compte d'un collectionneur que nous ne connaissions pas. J'ai cru ensuite qu'il pouvait s'agir d'un complot politique. Ourdi par des adversaires de la royauté.

— Des républicains ? Manipulés peut-être par cette infernale Margaret Thatcher !

— Ce n'est qu'une hypothèse, Votre Majesté !

— Ils voudraient s'emparer du collier et me le restituer afin que la malédiction du pharaon achève de détruire notre famille.

— Cela paraît fou, mais il faut envisager toutes les possibilités.

La reine fit entendre un rire méprisant.

— Si cette hypothèse est exacte, je peux vous dire que ces canailles se démènent en vain. Où que soit ce maudit collier, il ne m'appartient plus puisqu'il a été volé et vendu. Il ne servirait à rien qu'on le remette dans ma cassette. Il est désormais la propriété de Marcus Campbell.

À ce moment-là, on frappa à la porte du salon. Un valet entra. Il s'inclina.

— Le Pr Herbert Nottingway, Votre Majesté ! annonça-t-il.

Le professeur apparut dans l'encadrement de la porte et se cassa presque en deux.

— Votre Majesté m'a fait demander ?

— Certainement, s'exclama la reine. J'apprends que le collier volé a été vendu. J'imagine donc que la malédiction de ce maudit objet ne me menace plus. Je voulais que vous me le confirmiez.

— En effet, Votre Majesté, elle menace maintenant son acquéreur, si le voleur s'en est déjà débarrassé.

— Il a été vendu. L'acquéreur l'a payé par chèque.

— La malédiction reposera sur lui dès que le chèque aura été touché. Ne serait-ce pas Marcus Campbell, le plus grand des amateurs d'art égyptien ?

La reine ne répondit pas à l'archéologue et se tourna avec vivacité vers l'inspecteur Buckingham.

— Où est ce chèque, inspecteur ?

— Il est entre les mains de Janet Bellington. C'est un chèque en blanc. Il doit être endossé par l'œuvre de charité que vous désignerez.

— Pour l'amour de Dieu, qu'elle n'attende plus et qu'elle porte immédiatement ce chèque à la Croix-Rouge !

— Que Votre Majesté se rassure. Je lui téléphone sur-le-champ ces consignes.

— Et qu'elle me communique l'adresse de son frère. Je suis sûre qu'elle la connaît. Je veux lui écrire pour le remercier. À mots couverts, bien sûr.

16

L'inspecteur Buckingham, de retour à son bureau, se préoccupa d'abord d'exécuter les consignes de la reine : faire remettre le chèque de Campbell à la Croix-Rouge. Il chargea une secrétaire de se procurer le numéro de téléphone de Janet Bellington.

L'inspecteur profita de ce court répit pour appeler la cantine et s'enquérir du menu. Le major Ronson s'encadra à ce moment dans la porte restée ouverte, le visage défait et les yeux exorbités comme s'il avait vu un fantôme.

L'inspecteur Buckingham raccrocha, la mine réjouie. Il y avait des saucisses du Kent au menu. C'étaient les saucisses préférées de la reine. C'étaient aussi ses favorites, à lui.

— Inspecteur, balbutia le major Ronson d'une voix blanche, il faut que vous veniez tout de suite. Un horrible drame vient de se produire.

L'expression du major était si pathétique que l'inspecteur attrapa son chapeau melon et se précipita.

— Je vous suis, major, de quoi s'agit-il ?

— Les policiers que j'avais envoyés pour protéger Marcus Campbell viennent de m'appeler de la maison du malheureux.

— Pourquoi dites-vous « le malheureux » ?

— Parce que nos hommes, après avoir constaté que la porte de la maison de Campbell avait été forcée, sont entrés et l'ont trouvé dans le coma sur le tapis du vestibule. Ils ont cru bien faire en alertant Scotland Yard.

— *My God !* s'écria l'inspecteur, la malédiction du pharaon a encore frappé !

Au passage, l'inspecteur avait donné rapidement consigne à la secrétaire d'appeler Janet Bellington et de lui demander, sur ordre de la reine, de porter sur-le-champ le chèque en blanc à la Croix-Rouge.

— Un chèque en blanc ? fit la secrétaire en clignant des yeux. Vous croyez qu'elle comprendra ?

— Elle comprendra... Ne discutez pas, mademoiselle. Appellez-la tout de suite.

L'inspecteur dut courir pour rattraper le major Ronson qui avait déjà traversé la moitié de la grande cour du palais.

Un médecin de la police était déjà là. Le superintendant Walker de Scotland Yard l'avait accompagné. Tous deux se penchaient sur le corps inerte de Marcus Campbell qui râlait faiblement, lorsque l'inspecteur Buckingham et le major Ronson firent leur entrée dans la maison de Berkeley Square.

— Tiens donc ! s'écria le superintendant Walker, voici le Royal Protection Group ! En force ! Dois-je comprendre que nous sommes en présence d'une agression que nous devons tenir cachée à la presse ? Ordre de la reine, je suppose ?

L'inspecteur Buckingham fit un sourire vague qui signifiait à l'évidence que c'était le cas.

Le superintendant Walker ne cacha pas sa mauvaise humeur.

— Si vous ne me donnez pas de plus amples précisions, je vais laisser mes services alerter les journalistes.

Une nette aigreur marquait depuis longtemps les rapports entre Scotland Yard et le Royal Protection Group. Celui-ci revendiquait et tâchait de tenir secrètes toutes les enquêtes qui pouvaient mettre en cause la famille royale ou des dignitaires de la cour. Cela faisait enrager Scotland Yard, car ce genre d'enquête était ce qui passionnait le plus les médias. Or, les gens de Scotland Yard adoraient que l'on parle d'eux dans la presse.

L'inspecteur Buckingham consulta du coin de l'œil le major Ronson qui haussa les épaules. Il fit face au superintendant Walker.

— Nous n'avons pas de plus amples précisions à vous donner, monsieur le superintendant.

— Et pourquoi aviez-vous affecté deux de vos agents à la protection de Marcus Campbell, agents qui sont malheureusement arrivés trop tard pour empêcher qu'on le moleste ?

— Campbell est l'ami d'un ami de la reine. Il négociait pour le compte de la couronne un important lot de bijoux. Il avait peur d'être cambriolé. Nous voulions le protéger.

Le superintendant montra par une grimace exaspérée qu'il était loin d'être convaincu.

— Encore un de vos mystères royaux, grommela-t-il. D'après le gardien du square, deux personnes se sont présentées vers onze heures chez Marcus Campbell. On ne leur a pas ouvert. Ils ont alors tripoté la serrure et sont entrés. Le gardien du square jugeant que ce n'était pas son affaire s'est tenu coi.

Le superintendant fit une amère grimace.

— S'il y a une chose encore plus choquante que les cachotteries du Royal Protection Group, soupira-t-il, c'est le manque de civisme de la population.

Il se pencha à nouveau sur le corps du collectionneur. Il gisait, disloqué, au pied de l'escalier qui desservait le premier étage. Il respirait à peine. Son front était couvert de sang.

— Il a été jeté dans l'escalier tête la première, prononça le médecin légiste en se relevant. Il était sans doute déjà inconscient. On l'a torturé de façon abominable. Regardez ses mains : des aiguilles sont enfoncées sous ses ongles. Il y a bien longtemps que je n'ai rencontré pareille férocité. C'est un crime commis par des malades mentaux.

Le superintendant Walker fit entendre un ricanement.

— Il ne fait pas bon faire des affaires avec la reine, siffla-t-il, malgré la vigilance de nos valeureux collègues du Royal Protection Group.

L'inspecteur Buckingham ne releva pas cette insolence. À quoi bon aggraver le fâcheux climat qui régnait déjà entre Scotland Yard et le Royal Protection Group !

Une ambulance venait d'arriver et chargeait le corps de Marcus Campbell qui n'avait pas encore repris connaissance.

L'inspecteur envoya les deux policiers qui avaient découvert le corps inanimé fouiller la maison.

Quelques minutes plus tard, l'un des deux hommes se pencha sur la rampe du palier du premier étage et annonça :

— Le coffre-fort est ouvert.

Le superintendant Walker était sidéré. Le coffre était rempli de liasses de billets. On voyait briller entre elles des lingots d'or. Sur la tablette inférieure étaient étalés deux bracelets antiques égyptiens en or et plusieurs scarabées en pierre dure.

— Je n'y comprends rien, bredouilla le superintendant, pourquoi n'ont-ils rien volé ? Et pourtant c'est pour obtenir le numéro du coffre qu'ils ont torturé ce malheureux.

Il se tourna vers le major Ronson et l'inspecteur Buckingham.

— Vous y comprenez quelque chose, messieurs ?

— Nous n'y comprenons rien, monsieur le superintendant, répondit le major Ronson.

— Vous n'avez aucune idée de ce que ces sauvages cherchaient dans ce coffre ?

— Nous n'en avons aucune idée, assura l'inspecteur Buckingham.

— Et vous ne savez donc pas s'ils l'ont trouvé ?

— *A fortiori,* monsieur le superintendant.

L'inspecteur Buckingham ne mentait qu'à moitié. Un bref coup d'œil lui avait suffi pour constater que le collier de Toutânkhamon n'était plus dans le coffre. Mais était-ce le mystérieux gang qui s'en était emparé ? Ou Marcus Campbell avait-il eu le temps, comme il en avait manifesté l'intention le matin même, de le porter au coffre de sa banque ?

17

En quittant la maison de Berkeley Square où Marcus Campbell venait d'être agressé, l'inspecteur Buckingham donna l'ordre au chauffeur de la voiture de service du Royal Protection Group de le conduire à nouveau chez Janet Bellington, à Pentonville.

Il espérait que la jeune femme, malgré ses habitudes de noctambule, serait suffisamment réveillée pour collaborer efficacement à son enquête.

Il avait cru comprendre la veille qu'elle ne lui avait pas dit toute la vérité sur son frère. Lorsque l'inspecteur lui avait demandé si elle connaissait son adresse, elle avait hésité avant de répondre qu'elle l'ignorait.

L'inspecteur Buckingham avait maintenant de bons arguments pour la décider à lui révéler ce qu'elle lui cachait peut-être.

— Je vous répète, mademoiselle, que votre frère risque d'être la prochaine victime du gang qui cherche à s'emparer du collier de Toutânkhamon, et qui s'en est peut-être effectivement emparé. Ces malfaiteurs savaient qui était présent dans le salon de la reine lorsque ce bijou a disparu. Ils se sont d'abord attaqués à Helen Mac Lohan, qui leur a dit, sous la torture, que Sir Robert vous l'avait remis. Ils ont donc fait irruption chez vous le lendemain et vous ont obligée à avouer que vous aviez vendu le collier à Marcus Campbell. Le jour suivant, c'est-à-dire ce matin, ils ont tourmenté cruellement Campbell jusqu'à ce qu'il leur donne la combinaison de son coffre.

— Et ils se sont saisis du collier, compléta machinalement Janet Bellington en se versant un large whisky après en avoir proposé en vain à l'inspecteur, lequel avait pour principe, comme la plupart des Britanniques raisonnables, de ne jamais boire d'alcool avant le coucher du soleil.

— C'est justement ce que j'ignore. J'ai pu constater que le collier n'était plus dans le coffre. Deux hypothèses alors : ou bien il s'y trouvait et le gang a mis la main dessus. Ou bien il ne s'y trouvait pas.

— Est-ce possible ?

— C'est fort possible. J'avais vu Marcus Campbell le matin même vers dix heures. Il m'avait confié son intention de déposer sur-le-champ le bijou au coffre de sa banque. Il craignait d'être attaqué comme vous l'avez été.

— Et comme il a eu le temps d'opérer ce transfert, commenta Janet Bellington, le gang n'a peut-être pas trouvé le collier dans le coffre de sa maison de Berkeley Square.

— Dans cette éventualité, les mystérieux malfaiteurs seraient repartis sur le sentier de la guerre. Et leur prochaine victime pourrait bien être votre frère.

« Mon premier souci est donc de le protéger contre cette bande de tortionnaires impitoyables. S'ils ne l'ont pas trouvé dans le coffre de Marcus Campbell ils doivent être persuadés, en effet, que c'est lui qui, en définitive, tient le collier de Toutânkhamon et que vous, aussi bien qu'Helen Mac Lohan, les avez lancés sur une fausse piste.

Janet Bellington haussa les épaules.

— Là où il est, personne ne peut atteindre mon frère !

L'inspecteur Buckingham l'aggripa fermement par le bras.

— Vous savez où il est ! Je vous somme de me le dire !

Janet Bellington essaya de se dégager, mais l'inspecteur la tenait fermement.

— Il faut me donner cette adresse si vous tenez à sauver la vie de votre frère, insista-t-il.

— Je ne peux pas. Je lui ai promis le secret.

— Les événements ont tourné d'une façon qu'il ne prévoyait pas. Vous êtes moralement déchargée de ce serment.

Janet Bellington soupira, puis désigna un sous-main en cuir vert sur une table.

— Là, dans ce sous-main, vous trouverez une enveloppe, inspecteur.

L'inspecteur Buckingham ouvrit le sous-main et constata qu'il ne contenait que quelques feuilles de papier vierges.

— Je ne vois pas d'enveloppe, grogna-t-il.

Janet Bellington s'approcha vivement et explora le sous-main.

— L'enveloppe ! s'écria-t-elle. L'enveloppe de la lettre de mon frère ! Il y avait son adresse dessus.

Elle s'effondra sur le canapé.

— Ils l'ont volée, gémit-elle. Elle était encore là avant-hier soir. Elle était arrivée au courrier de l'après-midi.

L'inspecteur Buckingham ne put retenir un cri d'angoisse.

— Le gang sait donc l'adresse de votre frère !

— Ils vont le tuer ! hurla Janet Bellington, en se tordant les mains.

L'inspecteur Buckingham la secoua par les deux bras.

— Essayez tout de même de vous souvenir de cette adresse.

— C'était un monastère français, quelque chose comme Calcat... Un monastère bénédictin. Robert comptait s'y cacher pendant que se réglait la vente du collier.

De retour au palais, l'inspecteur Buckingham trouva sur son bureau une enveloppe avec la mention « urgent ». À l'intérieur se trouvait un petit mot d'un de ses adjoints qu'il avait chargé d'espionner le vicomte Hannibal Chesterfield qui figurait lui aussi sur la liste des suspects. La reine n'avait-elle pas laissé carte blanche à l'inspecteur ?

Le petit mot ne comportait que deux lignes : « Voici, chef, ce que j'ai trouvé ce matin dans la serviette du vicomte Hannibal Chesterfield qui était venu faire je ne sais quoi au secrétariat du personnel. » Annexé à ce petit mot, une liasse de cartes d'invitation ainsi rédigées :

« L'Association des Têtes Rondes compte sur votre présence à sa réunion annuelle au château de Chesterfield, le samedi 20 novembre 1944 à 12 heures ».

Le château de Chesterfield n'était-il pas la résidence du vicomte Hannibal ?

À la demande de l'inspecteur Buckingham, le service de documentation du palais s'était renseigné auprès de l'évêché catholique de Londres. Oui, répondit l'évêché, il existait bien un monastère bénédictin dans le sud-ouest de la France qui portait le nom d'abbaye d'En-Calat. Il était proche de la petite ville de Dourgne. Il recevait volontiers des hôtes pour des retraites spirituelles.

18

— Connaissez-vous l'Association des Têtes Rondes ? demanda l'inspecteur Buckingham à Charles Anson, le secrétaire privé par intérim de la reine.

— C'est la première fois que j'en entends parler.

— S'agirait-il d'une association de brachycéphales, c'est-à-dire de gens ayant un crâne de forme sphérique ?

— Ce serait bien étrange.

Charles Anson médita un instant puis éleva un doigt doctoral.

— Vous souvenez-vous de l'histoire de Cromwell, inspecteur ?

— Certainement. Il m'en reste quelques bribes. Cromwell s'est révolté contre le roi Charles I, a battu ses troupes et l'a fait guillotiner. Il voulait instaurer une république dont il aurait été le premier président. C'était en quelque sorte notre Robespierre.

— C'est à peu près cela, concéda Charles Anson. Et vous souvenez-vous du surnom que se donnaient entre eux ses soldats ?

— Les sans-culottes... Non, ça c'étaient les révolutionnaires français... Les Côtes de Fer... Si je ne me trompe.

— C'est le nom que leur donnaient les paysans terrorisés. Entre eux ils s'appelaient les Têtes Rondes parce qu'ils portaient les cheveux courts.

L'inspecteur Buckingham leva les bras comme si l'évidence l'avait frappé.

— Cette Association des Têtes Rondes serait donc une association de conspirateurs républicains !

— Sans doute.

— Qui préparent un complot contre la reine !

Charles Anson sourit.

— Comme vous y allez, inspecteur ! Il n'est pas interdit en Angleterre d'avoir des convictions républicaines. Et ceux qui militent pour l'abolition de la royauté ne sont pas forcément des conspirateurs. Chacun sait que Madame Thatcher avait ces idées-là. Elle n'a cependant jamais essayé de faire décapiter la reine.

— Peut-être cette Association des Têtes Rondes est-elle un simple cercle où l'on débat des idées ? Mais comment se fait-il que nous n'en avons jamais entendu parler ?

— Les Anglais adorent les clubs fermés. Ils ont le goût du secret.

— Il paraît étrange d'autre part que cette association, sans doute républicaine, tienne ses réunions au château de Chesterfield qui est la propriété du vicomte Hannibal Chesterfield. Un noble à la tête d'une association pour la suppression de la royauté ! On aura tout vu !

— C'est en effet assez étrange. Il se peut toutefois que le vicomte soit un partisan des Stuart, voire des Plantagenêt. Et que comme beaucoup d'aristocrates anglais, il n'ait que du mépris pour la maison des Windsor-Mountbatten, une famille qui traîne beaucoup d'hérédités fâcheuses, où l'on compte nombre de fous, de pédérastes et de désaxés sexuels.

— Hélas ! soupira l'inspecteur Buckingham en songeant à la fâcheuse conduite des enfants de la reine.

— En plus, c'est une famille allemande. Les Anglais détestent les Allemands. Encore plus que les Français.

L'inspecteur Buckingham garda le silence quelques instants. Plusieurs fois, il ouvrit la bouche comme s'il allait parler, puis la referma.

— Il semble que vous ayez quelque chose sur le cœur, inspecteur, fit remarquer Charles Anson.

— Oui. Mais j'ose à peine le formuler... Je me demande si cette Association des Têtes Rondes, ayant appris que le collier qui portait malheur avait disparu de la cassette de la reine, n'est pas en train de comploter pour l'y remettre.

À peine l'inspecteur Buckingham avait-il exposé le but de sa visite que le prince Philip explosa.

— Comment avez-vous appris l'existence de cette bande de cinglés ? siffla-t-il.

L'inspecteur Buckingham évoqua les cartons d'invitation qu'on avait trouvés chez le vicomte Chesterfield.

— Ces voyous recrutent maintenant parmi les vieux viveurs ! s'exclama le prince. Pas étonnant que leur secret se soit éventé.

— C'est donc une association secrète ? demanda timidement l'inspecteur Buckingham.

— Une association de minables qui jouent aux conspirateurs. Ils se recrutent par cooptation dans la moyenne noblesse. Scotland Yard n'ignore rien de leurs activités et me tient au courant.

Le prince Philip ricana.

— Ces gens-là n'ont jamais accepté les princes allemands qui sont à l'origine de la maison de Windsor.

— D'après le nom que porte cette association, fit remarquer l'inspecteur Buckingham, il semble qu'elle milite pour une Angleterre républicaine.

— Baliverne ! Vous pensez bien que ces aristocrates ont besoin du roi pour consolider leurs titres. Ce qu'ils veulent c'est mettre sur le trône une nouvelle dynastie. Savez-vous que Cromwell, après avoir fait décapiter Charles I, a songé à se faire couronner roi ?

— Suggérez-vous que le président de cette Association des Têtes Rondes nourrisse le même dessein ?

— Pourquoi pas ? Quand les Anglais se lancent dans la trahison, ils vont jusqu'au bout. Souvenez-vous d'Anthony Blunt et de Guy Burgess, les fonctionnaires de la reine qui sont passés au service du KGB. Ce Chesterfield est bien capable de viser la couronne.

— Le vicomte Hannibal ! Ce vieux coureur de jupons ! C'est une plaisanterie !

— C'est bien mon avis, inspecteur. Ce serait tout à fait excentrique. Tout autant que l'idée qui lui a pris de fonder cette association.

Le prince fit un geste d'irritation.

— Autrefois, nous avions le pouvoir de faire raser les châteaux des nobles insolents. Ou de les envoyer aux croisades.

L'inspecteur Buckingham se permit un sourire timide.

— Ce qui est étonnant, Votre Altesse Royale, c'est que la reine, connaissant ces extravagances, ait gardé au vicomte Hannibal Chesterfield son titre honorifique de Gardien de la cassette privée.

— Nous en avons discuté la reine et moi. Nous avons jugé plus habile de le garder à la cour de façon à l'avoir sous nos yeux et à surveiller tous ses faits et gestes.

L'inspecteur Buckingham hasarda une dernière question.

— Serait-il possible que cette ridicule association cherche à mettre la main sur le collier de Toutânkhamon pour le restituer à la reine ?

— Je suis au courant de cette affaire de bijou égyptien et du noble geste de Sir Robert Bellington. Je ne crois pas pour ma part à la malédiction qui serait attachée à ce collier. Superstition de femme ! Mais il est possible que ces ridicules petits nobliaux y croient et s'imaginent qu'elle hâtera la chute du trône des Windsor.

— Comment le savoir ? murmura l'inspecteur Buckingham.

— Rien de plus simple, vous n'avez qu'à assister à cette réunion de l'Association des Têtes Rondes au château de Chesterfield.

19

Il était évidemment impossible à l'inspecteur Buckingham d'aller assister incognito à la réunion de l'énigmatique Association des Têtes Rondes au château de Chesterfield. Le vicomte Hannibal l'aurait tout de suite reconnu. Il risquait une humiliante expulsion.

Ce fut le Pr Herbert Nottingway qui le tira d'affaire. Il était venu lui remettre une notice détaillée, accompagnée de photos, sur le collier volé.

— Vous pourrez en avoir besoin, si jamais le véritable collier passait entre vos mains. Il y a tant de faux !

— J'espère bien que le véritable collier ne passera pas entre mes mains ! rétorqua l'inspecteur. Vous savez que le désir secret de la reine est d'en être débarrassée à jamais.

L'archéologue secoua la tête d'un air compréhensif.

— Sur ce point, vous pouvez être rassuré. Si j'en crois nos dernières informations, ce bijou a été remis par Sir Robert à sa sœur pour qu'elle le vende à un amateur d'art égyptien. Un nommé Marcus Campbell, si je me souviens bien.

— Oui, c'est exact. Je me permets, professeur, de vous rappeler que vous ne tenez pas cette information de moi, mais de votre esprit déductif.

Le Pr Nottingway laissa un sourire satisfait errer sur ses lèvres.

— C'est en effet ce que j'avais déduit lorsque je m'étais souvenu, quelques jours avant l'inventaire des bijoux de la reine, que Sir Robert m'avait demandé l'adresse d'un amateur d'art égyptien, à l'intention, disait-il, de sa sœur, qui avait des objets de ce genre à vendre. Comme je vous l'ai déjà raconté, lorsque le vol du collier a eu lieu, je n'ai eu qu'à faire travailler mon cerveau pour parvenir à deux conclusions : c'était Sir Robert qui avait subtilisé le collier. Et il l'avait remis à sa sœur pour qu'elle le négocie auprès de Marcus Campbell, l'amateur d'art dont j'avais donné le nom. Je constate maintenant que je ne me suis pas trompé.

— Bravo ! s'exclama l'inspecteur Buckingham. Vous êtes un véritable Sherlock Holmes.

— Je me contente de réfléchir, fit modestement l'archéologue.

— Vous allez alors pouvoir me dire s'il est vraisemblable que des ennemis de la reine puissent vouloir récupérer le collier et le lui rendre pour que la malédiction du pharaon continue de peser sur elle et sur sa famille.

— Rien de plus vraisemblable. À quels ennemis pensez-vous ?

— À un groupe d'ennemis de la dynastie des Windsor.

L'inspecteur Buckingham montra au professeur un des cartons d'invitation de l'Association des Têtes Rondes.

— Incroyable ! s'écria l'archéologue. Et cette réunion se tient dans le château du vicomte Hannibal ! Serait-il l'animateur de cette association qui, si j'en crois son nom, doit militer pour le renversement du trône et l'établissement d'une république en Angleterre ?

— Ou l'établissement d'une nouvelle dynastie, fit l'inspecteur Buckingham d'une voix grave.

— Et quel rapport entre cette association et le collier ? reprit l'archéologue.

— Je la soupçonne de chercher à s'en emparer pour le restituer perfidement à la reine.

Comme le professeur manifestait quelque stupeur, l'inspecteur le mit rapidement au courant des agressions perpétrées contre Janet Bellington et Marcus Campbell.

— *My God...* balbutia l'archéologue, je n'arrive pas à croire que le vicomte Hannibal Chesterfield puisse être un assassin.

— Le connaissez-vous ?

— De nom. Je n'ai jamais eu l'occasion de le rencontrer. Il vient au palais à peine une fois par mois. Son titre de Gardien de la cassette privée est purement honorifique.

— Il ne vous connaît pas non plus, j'imagine.

— Forcément non. Il est certain par exemple qu'il ne me reconnaîtrait pas si j'assistais en observateur à cette réunion étrange au château de Chesterfield, samedi prochain...

— J'allais vous le proposer ! Prenez donc, professeur, un de ces cartons d'invitation du vicomte. Vous me rendriez un grand service en me rapportant ce qui s'est dit à ce bizarre colloque.

Nottingway haussa un sourcil dédaigneux.

— Je ne fais pas partie du Royal Protection Group, inspecteur !

— Il s'agit de servir la reine, professeur.

— En ce cas...

— Pouvez-vous m'expliquer, Miss Bellington, demanda Buckingham, pourquoi votre frère a choisi de se cacher dans un monastère catholique en France ? Conspirait-il d'une façon ou d'une autre avec ces moines ?

En bon anglican, l'inspecteur Buckingham considérait le clergé catholique et les moines en particulier comme des conspirateurs papistes potentiels.

Janet Bellington éclata d'un rire franc.

— Aucun mystère là-dessous, inspecteur. Mon frère avait visité cette abbaye au cours de ses dernières vacances en France. Il avait été séduit par la beauté du paysage environnant et par le calme des lieux. Lorsqu'il a appris que les moines recevaient volontiers des hôtes pour des retraites spirituelles, sans distinction de religion, il s'est promis d'en faire l'essai un jour !

— Était-il en proie à des interrogations religieuses ?

— Non. Mais il était sujet à de petites dépressions. Il avait l'habitude de se retirer alors dans un petit hôtel isolé en Irlande.

— Je comprends... lorsque la nécessité s'est imposée à lui, à cause de cette affaire de collier, de prendre du champ, il a pensé à l'abbaye du midi de la France plutôt qu'au petit hôtel irlandais.

— Mon frère aime beaucoup le soleil. Et l'Irlande en novembre est plutôt brumeuse... Et il espérait que personne ne le découvrirait dans ce monastère français.

L'inspecteur Buckingham adressa un regard apitoyé à la jeune femme. Ne se doutait-elle pas que son frère était en danger si ces mystérieux agresseurs n'avaient pas trouvé le collier dans le coffre de Campbell ? L'inspecteur songea qu'il était urgent de savoir si Marcus Campbell l'avait bien déposé dans le coffre de sa banque comme il en avait manifesté l'intention.

Il téléphona au superintendant Walker pour lui demander de procéder à cette vérification. Moins d'une heure plus tard, le téléphone sonnait.

— Ici le superintendant Walker. Nous avons fait procéder à l'ouverture du coffre bancaire de Marcus Campbell. Il contenait diverses valeurs et des pièces d'or. Nous n'y avons trouvé aucun collier égyptien. Puis-je savoir, inspecteur, pourquoi vous vous intéressez à ce bijou ?

— Non, monsieur le superintendant, vous ne pouvez pas le savoir.

— Vraiment ! Et pourquoi cela ?

— Secret service.

— Quel service ?

— Service de la reine, monsieur le superintendant.

L'inspecteur Buckingham raccrocha. Ce maudit collier paraissait donc bel et bien être entre les mains des agresseurs de Campbell. À moins que celui-ci ne l'ait retiré, avant l'agression du coffre de sa maison et ne l'ait dissimulé quelque part. Auquel cas ses agresseurs se retourneraient contre Robert Bellington, susceptible, à leurs yeux, de détenir le bijou. Si c'était le cas, la bande ne tarderait pas à l'attaquer. L'inspecteur espéra qu'il arriverait avant elle.

L'inspecteur Buckingham se rendit au service des voyages du palais pour y consulter les horaires des compagnies aériennes. Un avion de la British Airways partait le lendemain, vendredi, de bonne heure, pour Paris où il pourrait attraper la correspondance d'Air Inter pour Toulouse. Il se rendrait ensuite à l'abbaye d'En-Calcat à Dourgne avec une voiture louée à l'aéroport de Toulouse. Le service des voyages lui promit de s'occuper de tout. Les billets seraient déposés sur son bureau dans la soirée.

L'inspecteur Buckingham vérifia ensuite qu'il pourrait rentrer à Londres par la même filière, le samedi dans la soirée. À temps pour écouter le compte rendu du Pr Nottingway de retour de la réunion de l'Association des Têtes Rondes au château de Chesterfield.

Il l'appela par le téléphone intérieur.

— Nous nous verrons à mon bureau samedi, lui proposa-t-il, à votre retour de Chesterfield et à mon retour de Toulouse.

— Toulouse ? Qu'allez-vous faire à Toulouse ?

— Chut, professeur. Service de la reine !

20

Dans l'avion à destination de Paris, l'inspecteur Buckingham se plongea dans la petite notice que lui avait remise le service de documentation du palais.

L'abbaye d'En-Calcat se trouvait près de la petite ville de Dourgne, à soixante-six kilomètres à l'est de Toulouse. Elle avait été fondée en 1890 par un groupe de bénédictins. Ces moines recevaient des hôtes payants (très modestement, disait la notice) soit au monastère même (uniquement des hommes) soit dans une petite hôtellerie extérieure, « La Mipoule », où il y avait des chambres pour les femmes seules et les ménages. Un gîte d'accueil en dortoir était aussi prévu pour les groupes de jeunes. La présence des hôtes était souhaitée aux offices qui étaient chantés en grégorien. Les moines avaient pour objectif « de partager leur vie avec ceux qui désirent un lieu de recueillement et de prière, une possibilité d'échange, de réflexion sur la foi ». Il n'était pas nécessaire d'être catholique pour être accepté. La notice de la documentation du palais, rédigée d'après les renseignements fournis par l'évêché catholique de Westminster, ajoutait que nombre de visiteurs étaient surtout attirés par les merveilleux chants grégoriens.

L'inspecteur Buckingham n'avait pas de problème de foi. Il croyait fermement en Dieu et en l'Angleterre. Aussi avait-il honnêtement répondu au moine auprès duquel il avait fait sa réservation par téléphone qu'il venait passer deux jours au monastère pour résoudre des problèmes personnels. Le moine, avec une louable discrétion, n'avait pas insisté.

— Vous serez ici à l'aise pour méditer, monsieur.

L'inspecteur Buckingham, par ailleurs, n'était pas insensible à la musique grégorienne.

— D'autres toasts ? proposa l'hôtesse qui avait distribué les plateaux du petit déjeuner.

— Volontiers, dit avec empressement l'inspecteur Buckingham, et peut-être aussi quelques saucisses.

On l'avait averti à l'aéroport que l'on ne servait ni repas ni boisson sur les avions d'Air Inter. Lorsque l'inspecteur réclama timidement un peu plus tard un supplément d'œufs brouillés, un grand jeune homme blond, assis de l'autre côté de l'allée centrale, sourit comme s'il était amusé de cet appétit d'ogre. Puis il se pencha vers son voisin, un petit homme brun et sec et lui glissa quelque chose à l'oreille. Le petit homme brun regarda à son tour l'inspecteur d'un air ironique.

L'inspecteur Buckingham détestait se faire remarquer. Il jeta un coup d'œil sévère aux deux indiscrets, avala en hâte son supplément d'œufs brouillés et se cacha derrière le *Daily Mail.*

L'inspecteur Buckingham dut renoncer à acheter un sandwich à Orly. Il avait juste le temps d'attraper l'avion d'Air Inter pour Toulouse. Il ne put que soutirer une barre de chocolat fourré au nougat à un distributeur automatique.

Aussi était-il de fort méchante humeur lorsqu'il s'installa dans l'appareil qui allait s'envoler pour Toulouse. Il y avait peu de monde, aussi l'inspecteur put-il s'installer à sa place préférée, à droite, près du hublot, à l'avant-dernière rangée. Malgré la barre de chocolat, son estomac criait famine et il pesta contre les mœurs spartiates des lignes continentales. Son humeur ne s'améliora guère lorsque vint s'asseoir à côté de lui le grand jeune homme blond qu'il avait remarqué dans l'avion de la British Airways. Le jeune homme examina soigneusement les instructions d'évacuation qui précisaient comment gonfler le gilet de sauvetage bien que l'avion ne dut survoler que des terres jusqu'à Toulouse. Puis il se tourna avec un sourire aimable vers l'inspecteur Buckingham qui pressentit avec agacement qu'il allait lui parler.

— Je vois, monsieur, dit en effet le jeune homme, que vous vous rendez comme moi à Toulouse. Seriez-vous un touriste ? Votre chapeau melon me fait en effet supposer que vous êtes Anglais. Comme moi.

Pensant lui clouer le bec, l'inspecteur répondit abruptement :

— Non, je suis un mystique ! Je vais faire une retraite chez les bénédictins.

— Non ! Ce n'est pas possible ! s'écria le jeune homme. Quelle extraordinaire coïncidence ! Je me rends aussi dans une abbaye bénédictine pour quelques jours de réflexion religieuse.

L'inspecteur Buckingham n'aimait pas les coïncidences. Surtout lorsqu'il enquêtait sur une affaire criminelle.

— Ne me dites pas, fit-il sur un ton grinçant, qu'il s'agit de l'abbaye d'En-Calcat !

— Mais oui !

Le jeune homme prit un air rêveur.

— Je me demande dans quel dessein Dieu nous a ainsi rapprochés.

— Je me le demande aussi, rétorqua l'inspecteur d'un ton rogue.

Le jeune homme ne se laissa pas démonter.

— Permettez-moi de me présenter. John Goldman, étudiant en histoire des religions.

— Et moi, je m'appelle Jésus-Christ, grogna l'inspecteur, conscient d'être malpoli, mais exaspéré d'avoir été interpellé par quelqu'un à qui il n'avait pas été présenté.

Il posa le *Daily Mail* grand ouvert sur son visage et fit mine de dormir. Il avait eu toutefois le temps de remarquer que le petit homme brun et sec avec lequel ce John Goldman avait échangé quelques mots dans l'avion de la British Airways était aussi dans l'avion de Toulouse quelques rangées plus loin.

Allait-il lui aussi faire une retraite à l'abbaye d'En-Calcat ?

En arrivant à Dourgne vers midi, l'inspecteur Buckingham remarqua sur la place principale une petite auberge d'aspect avenant. Il s'arrêta devant l'établissement et examina le menu affiché sur la porte. Il mentionnait des plats aussi exotiques que la salade de gésiers d'oie ou le confit de canard. L'inspecteur se laissa tenter. Il craignait que la table d'hôte du monastère fût un peu frugale pour qui n'avait dans l'estomac depuis le matin qu'un petit déjeuner, fût-il anglais.

Ce n'est qu'après s'être convenablement lesté de ces plats étranges quoique succulents que l'inspecteur Buckingham se dirigea vers le monastère.

— Sir Robert Bellington ? dit à l'inspecteur Buckingham le moine hôtelier qui l'avait installé dans sa cellule. Vous le trouverez à cette heure-ci dans le jardin du monastère où il finit sa promenade de méditation.

Le secrétaire privé de la reine ne put cacher sa stupeur lorsque l'inspecteur vint à sa rencontre sous les arcades du cloître qui enserrait le jardin.

— Comment avez-vous découvert ma retraite ? s'exclama-t-il.

L'inspecteur Buckingham le mit au courant des événements qui l'avaient conduit jusqu'au monastère.

— En somme, conclut Sir Robert, vous venez vous assurer que je n'ai pas été assassiné.

— Je constate, dit l'inspecteur, que je suis probablement arrivé à temps. Mais cela ne signifie pas que le danger soit écarté. Les mystérieux malfaiteurs qui veulent mettre la main sur le collier de Toutânkhamon ne l'ont peut-être pas trouvé dans le coffre de Marcus Campbell. Ils doivent être alors persuadés qu'il est en votre possession. Il faut envisager cette hypothèse.

— Il serait logique dans le cas où cette hypothèse serait exacte qu'ils s'attaquent à moi. Je n'ai pour l'instant rien remarqué de suspect. Je ne vois personne en dehors du père abbé qui m'a pris en affection.

— Personne. Vraiment ?

— J'échange, bien sûr, quelques mots avec mes voisins de réfectoire. Tout à l'heure, au déjeuner, j'ai bavardé avec une jeune Anglais fraîchement débarqué. Il avait l'air de s'intéresser énormément au chant grégorien. Il m'a invité à dîner ce soir au restaurant de l'hôtel de La Mijoule. J'ai accepté. J'avoue que je suis un peu las de la soupe de maïs des bons pères et de leurs œufs à la coque.

— Ce soir à dîner, à La Mijoule... Accepteriez-vous que je me joigne à vous, Sir Robert ?

— Avec plaisir, inspecteur, je crois que ce jeune homme n'y verra pas d'inconvénient.

— Je crois bien qu'il s'agit d'un certain John Goldman, dont j'ai fait la connaissance dans l'avion et qui m'a intrigué.

— Sait-il qui vous êtes ?

— Je me suis abstenu de me présenter. Je désire rester ici incognito. Je ne pense pas qu'il m'ait identifié, sauf si on lui avait donné mon signalement.

— Qui diable aurait pu s'en soucier !

— Je vous le demande, Sir Robert.

21

— Quelles merveilleuses institutions que ces monastères ! soupira John Goldman en se servant largement de foie gras d'oie.

Le jeune homme n'avait fait aucune difficulté pour accueillir à sa table l'inspecteur Buckingham que Sir Robert lui avait présenté comme un certain Georges West, chef de service d'une administration britannique, ce qui n'était d'ailleurs pas tout à fait faux...

— Très heureux de faire votre connaissance, Mr West, fit John Goldman en s'inclinant devant l'inspecteur. Ne vous ai-je pas rencontré dans l'avion ? Ou était-ce quelqu'un qui vous ressemblait ? Un certain Jésus-Christ.

L'inspecteur Buckingham se contenta d'esquisser un sourire énigmatique.

— Quoi qu'il en soit, avait repris John Goldman sans insister, je serais ravi que vous partagiez notre repas d'amoureux...

— D'amoureux ? s'étonna l'inspecteur Buckingham, interloqué.

— D'amoureux de la musique grégorienne, acheva John Goldman. Bien entendu, Mr West, vous êtes aussi mon hôte.

L'inspeteur Buckingham protesta pour la forme. Il s'était pratiquement invité lui-même !

John Goldman se lança dans de subtiles et, pour l'inspecteur, obscures considérations sur le chant grégorien.

— Sa caractéristique, déclama-t-il, est d'être monodique et d'utiliser une échelle tonale à dix degrés.

— C'est incontestable, observa Buckingham.

— Et incontesté ! fit avec assurance Robert Bellington.

John Goldman engloba ses interlocuteurs d'un coup d'œil où brillait une lueur étrange. Était-ce de l'enthousiasme ou de l'ironie ? se demanda l'inspecteur.

— Certains exégètes de cette musique, reprit-il, se demandent si elle ne descend pas en droite ligne des hymnes des collèges de prêtres de la Rome antique.

— Voilà une hypothèse fort excitante, convint l'inspecteur.

— Infiniment troublante à mon avis, confirma Sir Robert.

John Goldman éleva un doigt pontifiant.

— Et que conforte un précédent : les cantiques des religions orthodoxes modernes sont à peu près ceux des églises byzantines du dixième siècle.

— Ce précédent est tout à fait probant, déclara l'inspecteur d'une voix forte.

— Je dirais même convaincant, dit avec chaleur Robert Bellington.

L'inspecteur et le secrétaire privé échangèrent un regard ahuri : pourquoi ce raseur les avait-il invités à dîner ?

— J'avoue, reprit John Goldman, que ces spéculations me reposent de mes travaux politiques londoniens.

— Vous êtes dans la politique ? interrogea poliment l'inspecteur Buckingham.

— D'une certaine façon, Mr West. En fait je m'occupe de la rédaction et de la distribution de tracts républicains.

— À Londres !

— À Londres et dans tout le Royaume-Uni.

— Seriez-vous un opposant à la monarchie ?

— Certainement, Mr West. Mais je ne suis qu'un modeste rouage d'une vaste organisation qui souhaite mettre fin à notre ridicule royauté et à ses dépenses folles. Nous pourrions à la rigueur accepter une monarchie modeste comme celles de Hollande, du Danemark, de Suède ou d'Espagne. Le roi de Danemark se promène à bicyclette dans Copenhague. Le roi d'Espagne va déjeuner avec ses amis dans des restaurants de Madrid, sans la moindre escorte. La reine de Hollande se promène à pied dans les rues d'Amsterdam et il arrive que ses sujets l'arrêtent pour l'embrasser.

— Je crains que la simplicité de ces mœurs royales ne convienne pas au peuple anglais, fit remarquer Robert Bellington. Nous autres, Britanniques, aimons que nos souverains mènent une existence de parade.

— Mais cela coûte beaucoup trop cher ! trancha avec autorité John Goldman. Savez-vous que lorsque le roi Olaf de Norvège se rendit au Brésil, il ne fut accompagné que par une suite de huit personnes ? Lorsque notre reine s'y rendit en 1969, elle eut besoin de cinq avions, de son yacht de cinq mille sept cents tonnes avec un équipage de deux cent cinquante hommes, de deux frégates, de quatorze membres de sa maison, d'une trentaine d'employés du palais, y compris un cuisinier et un « pâtissier royal ». Enfin la marine dut fournir un orchestre de vingt-deux musiciens !

— C'est magnifique ! s'exclama malgré lui l'inspecteur Buckingham.

— C'est ruineux ! s'exclama John Goldman en frappant du poing sur la table au risque de renverser la bouteille de vin de la Montagne Noire.

Le visage de Robert Bellington s'était assombri.

— Votre association songe-t-elle à envoyer la reine à la guillotine ? demanda-t-il d'une voix sèche.

— Non. Nous lui permettrons peut-être de continuer à représenter le Commonwealth lorsque la république aura été établie. Bien entendu, elle devra abandonner ses palais et se résigner à habiter un petit hôtel particulier comme le président de la République française.

L'inspecteur et le secrétaire privé observèrent une longue minute de silence consterné.

— Votre association ne s'appellerait-elle pas l'Association des Têtes Rondes ? demanda l'inspecteur Buckingham d'une voix douce.

— Comment avez-vous deviné, Mr West ? s'exclama John Goldman, dont les traits manifestaient la plus grande stupéfaction.

Lorsque la serveuse apporta l'addition, John Goldman tira de son portefeuille une carte de crédit Visa et la posa sur la soucoupe. La serveuse emporta le tout.

— Excusez-moi, dit l'inspecteur Buckingham, je reviens dans une minute.

Il fit mine de se diriger vers les toilettes mais s'arrêta un instant au bar où la serveuse se préparait à prendre l'empreinte de la carte bleue de John Goldman à l'aide d'un de ces antiques appareils à main qui subsistaient encore dans ce coin reculé de la province française.

— Ces messieurs vous réclament, dit l'inspecteur à la serveuse, ils souhaitent commander un digestif.

La serveuse s'éloigna vers le fond de la salle où étaient attablés Sir Robert et John Goldman. L'inspecteur Buckingham manœuvrant lui-même l'appareil prit une empreinte de la carte bleue et la fourra dans sa poche.

— Messieurs, je vais vous laisser déguster à loisir votre vieil armagnac, dit en se levant John Goldman. Je me suis promis de rentrer de bonne heure au monastère pour assister aux vigiles de vingt et une heures. Des vigiles chantées en grégorien, bien entendu.

Dès que le jeune homme fut sorti, l'inspecteur Buckingham sortit de sa poche l'empreinte de la carte bleue. Elle ne portait pas le nom de John Goldman, mais celui de Brian Wilson...

À tout hasard, l'inspecteur mit dans la poche intérieure de sa veste le couteau qu'avait utilisé le jeune homme. Il y avait certainement laissé ses empreintes...

22

Au premier coup d'œil qu'il jeta dans sa cellule, Robert Bellington comprit qu'elle avait été fouillée de fond en comble. Le contenu de sa valise était répandu sur le sol carrelé. Le matelas était éventré de haut en bas. Il se rua vers la cellule qu'occupait l'inspecteur Buckingham et frappa à la porte.

— Venez vite, inspecteur, on m'a cambriolé !

L'inspecteur Buckingham se hâta à sa suite jusqu'à sa cellule.

— Que cherchaient-ils ? murmura Robert Bellington.

— En doutez-vous un instant ?

— Non. Ils cherchaient bien sûr le collier de Toutânkhamon.

La cellule de Brian Wilson alias John Goldman était vide.

— Ce jeune homme a fait sa valise en rentrant tout à l'heure, expliqua à l'inspecteur le père hôtelier. Il avait, disait-il, reçu un télégramme de Londres réclamant son retour d'urgence. Bizarre, car aucun postier n'a apporté de télégramme au monastère aujourd'hui.

— Très bizarre, approuva l'inspecteur Buckingham.

— Il a sauté dans la petite Renault qu'il avait louée à Toulouse et a démarré en trombe. Bizarre aussi. Il n'y a pas d'avion pour Paris à cette heure-ci au départ de Toulouse. Et il n'y arrivera pas à temps pour prendre le dernier train. Que penser de tout cela ?

— À mon avis, mon père, il ne faut rien penser, sinon que les Anglais sont des gens très excentriques, dit l'inspecteur Buckingham.

— Ce garçon m'a remis un don pour le monastère, tout à fait disproportionné avec la durée de son séjour.

— La bizarrerie des Anglais a parfois du bon, mon père.

— Il n'y a évidemment rien de bizarre dans la conduite de Brian Wilson, opina l'inspecteur Buckingham lorsqu'il se retrouva seul avec Robert Bellington dans sa cellule dévastée.

— En effet. Elle me paraît tout à fait logique, reconnut le secrétaire privé. Il nous a invités à dîner pour qu'un de ses complices puisse procéder tranquillement à la fouille de ma cellule.

— Sans doute ce complice est-il un petit homme brun que j'ai remarqué dans l'avion de Paris ? Brian Wilson était assis à côté de lui et semblait le connaître. Je les ai vus échanger quelques mots. Il a pris lui aussi l'avion de Toulouse.

— Dans ce cas, il a dû filer avec Brian Wilson.

— Ils vont se cacher quelque part dans la région et prendre un avion demain matin à Toulouse... ou à Bordeaux...

— Ou à Albi, ou à Carcassonne... Inutile de les pister.

L'inspecteur Buckingham aida Robert Bellington à remettre de l'ordre dans sa cellule.

— Il paraît évident, murmura l'inspecteur, que ce Brian Wilson est un émissaire de l'Association des Têtes Rondes, chargé de récupérer par tous les moyens le collier de Toutânkhamon. Je ne peux plus douter maintenant que cette secte républicaine soit à l'origine de tous les forfaits qui ont été commis sur la piste de ce collier maudit.

— Ce sont eux qui ont torturé ma sœur ! grinça Robert Bellington.

— Et ce sont eux les tortionnaires de Marcus Campbell. Dans les deux cas, ils n'ont pas réussi à mettre la main sur le collier.

— Ils en ont donc conclu que je le détenais toujours.

— Et qu'en laissant courir le bruit que vous l'aviez confié à votre sœur, vous vouliez les lancer sur une fausse piste.

Robert Bellington se laissa tomber sur le sommier défoncé et prit sa tête dans ses mains.

— Et pourtant je l'ai bien remis à ma sœur, qui l'a vendu, suivant mes instructions, à Marcus Campbell.

— Malheureusement, ces sanguinaires sans-culottes sont convaincus du contraire. Rien ne les arrêtera. Ils veulent s'emparer de ce collier et le restituer à la reine afin que la malédiction du pharaon achève de la détruire, elle et sa famille.

Robert Bellington se leva et arpenta sa cellule avec agitation.

— Je connais bien les milieux républicains, s'exclama-t-il. Ce sont en majorité des intellectuels de gauche. Des rationalistes rigoureux. C'est pourquoi ils luttent contre la symbolique, irrationnelle à leurs yeux, qu'incarne la famille royale. J'ai du mal à croire que ces gens-là puissent verser dans d'aussi ridicules superstitions à propos de bijoux maudits.

— C'est en effet surprenant, convint l'inspecteur, mais il suffit qu'un de leurs leaders croie en toute cette sorcellerie pour entraîner le mouvement dans cette sanglante aventure.

— Vous pensez peut-être au vicomte Hannibal Chesterfield ? Le prince Philip m'en a parlé. C'est un vieux schnock, certes, mais il n'a rien d'un bigot superstitieux. Il court les filles et les cabarets. Je le verrais plutôt comme une forte tête.

— Je partage votre perplexité, Sir Robert, mais les faits sont là. Cette association semble bien être à l'origine de ces agressions et meurtres ayant pour but de s'emparer du collier.

Robert Bellington soupira.

— Dire que j'avais procédé à la soustraction de ce bijou pour complaire à la reine ! Je suis moi aussi victime de la malédiction des pharaons.

— En tout cas, Sir Robert, vous devez quitter sans tarder ce monastère. Ils reviendront tôt ou tard pour vous torturer et vous faire avouer où vous avez caché le collier.

— Je crois que le plus judicieux, dit le père hôtelier, puisqu'on veut troubler votre tranquillité, M. Bellington, serait que vous alliez vous cacher dans un autre de nos monastères. Je propose celui de la Pierre qui vire, près d'Auxerre. Nous garderons, bien entendu, le secret de votre nouvelle retraite. Un de nos moines vous conduira demain matin à Castres où vous prendrez le train. C'est jour de marché. Il y a beaucoup de voyageurs. Vous ne serez pas remarqué.

— En attendant, décida l'inspecteur Buckingham, je coucherai cette nuit devant votre porte.

Il alla chercher sa paillasse dans sa cellule et fit comme il l'avait dit.

— Ces Anglais sont vraiment bizarres, avait observé le père hôtelier avant de s'éloigner.

23

C'est à demi rassuré sur le sort du secrétaire privé que l'inspecteur Buckingham avait repris le lendemain matin l'avion de Toulouse, à destination de Paris, puis de Londres. Cette fois-ci il emportait un copieux casse-croûte que lui avaient préparé les moines : une petite miche de ce merveilleux pain qu'ils cuisaient eux-mêmes, un saucisson de leurs propres cochons et une bouteille de vin de leurs vignes.

De quoi faire un voyage euphorique, n'eût-il été tracassé par une énigme considérable. Pourquoi ce Brian Wilson, s'il était venu à En-Calcat sous un faux nom avec le dessein de voler le collier de Toutânkhamon, s'était-il en partie découvert en avouant qu'il faisait partie d'un mouvement républicain et en reconnaissant même qu'il était membre de l'Association des Têtes Rondes ? L'avait-il fait de propos délibéré — et pourquoi ? Ou cette étrange confidence était-elle à mettre sur le compte des vapeurs généreuses du vin de la Montagne Noire ?

Comme convenu, le Pr Nottingway appela à son bureau l'inspecteur Buckingham qui y était venu spécialement pour recevoir cet appel, ce samedi après-midi.

— Alors, professeur, cette réunion au château de Chesterfield était-elle réellement *funny ?* s'enquit l'inspecteur.

— Plus que *funny,* tout à fait délirante. Je ne peux malheureusement pas vous en dire plus long au téléphone.

— Redoutez-vous que des oreilles ennemies nous écoutent ?

— Peut-être. Il y a des détracteurs de la royauté jusque sur les marches du trône. Je vous propose de nous rencontrer au Buckingham's Arms, disons vers dix-neuf heures.

« Bon choix », songea l'inspecteur. Pendant la semaine, ce pub était quasiment le quartier général du personnel du palais. Mais, durant le week-end, il n'était fréquenté que par les ivrognes ordinaires du quartier.

— J'y serai, dit l'inspecteur Buckingham.

— Vous auriez vu ce château, vous n'y auriez pas cru ! s'exclama le vieil archéologue. Un décor pour films d'épouvante avec fossés, mâchicoulis et poivrières. Le tout noirci par les siècles et par les sièges que le château a subis dans l'histoire. Le vicomte accueillait ses invités à l'entrée du pont-levis. Je ne connaissais pas les invités. Mais comme le vicomte lisait à voix haute leurs noms sur les cartons d'invitation, j'ai pu constater qu'il y avait peu de nobles parmi eux.

— Il fallait s'y attendre.

— C'étaient surtout des roturiers. Par leur vêtement et leur accent, je les ai situés dans la classe moyenne. En apparence des gens bien inoffensifs.

— En apparence peut-être. En réalité, ce genre de personnages peuvent être subversifs et dangereux. Robespierre et Danton étaient tout ce qu'il y a de plus « classes moyennes ».

— Vous me faites peur, inspecteur...

— Cromwell lui-même était un garçon d'un milieu des plus ordinaires.

— Sans doute avez-vous raison. Dès que la séance fut ouverte dans la grande salle d'armes du château, j'ai ressenti une mauvaise impression.

— Ces gens se tenaient-ils si mal ?

— C'est leurs propos qui me terrifiaient. Ils parlaient de la monarchie anglaise comme d'une chose morte qui ne subsistait que par la complaisance générale. « Proclamons que la monarchie est périmée, s'exclama un orateur, et vous la verrez s'écrouler d'elle-même. »

— Étrange que le vicomte Hannibal s'associe aux excès de cette tourbe ! s'étonna l'inspecteur Buckingham.

— Il n'est monté qu'une fois à la tribune pour dire mollement que la royauté offrait de beaux spectacles et qu'il ne convenait peut-être pas de l'abolir complètement car le peuple avait besoin de divertissements. Mais il a corrigé aussitôt ces réserves en reconnaissant que des réformes étaient nécessaires et que la monarchie devait être amendée.

— Très curieux. L'animateur de ce congrès républicain n'était-il pas partisan de la république ?

— J'étais moi aussi surpris. Les congressistes l'étaient également car ils ont hué le vicomte. Ces gens-là semblaient de chauds partisans de la guillotine.

L'inspecteur Buckingham tapota d'un air pensif son chapeau melon.

— Bizarre réunion, n'est-ce pas ? murmura-t-il. D'un côté une foule de bourgeois républicains qui souhaitent l'établissement d'une république. De l'autre un aristocrate qui tout en jouant le rôle de chef d'orchestre jacobin semble vouloir sauver la monarchie comme le fit Mirabeau avec Louis XVI. Quel intérêt le vicomte Hannibal a-t-il à jouer ce jeu-là ?

— Je crois, inspecteur, sans vouloir verser dans le cynisme, que le principal intérêt du vicomte Hannibal dans cette affaire était le droit d'entrée qu'il percevait sur son pont-levis : cinq livres par personne, et il y avait près de trois cents invités.

L'inspecteur Buckingham fit un rapide calcul sur son petit carnet écossais.

— Cela ferait près de mille cinq cents livres.

— C'est exact, inspecteur. Et à ce prix-là, je suis tout à fait disposé à crier « à bas la reine ! » Et encore n'ai-je pas un château en ruines à restaurer.

— Si la reine savait cela !

— Je crains qu'elle ne s'en moque. Elle a assez de soucis à se faire avec son fils aîné le prince Charles qui vient de déclarer que, après tout, si la royauté ne marche pas, il reste la république.

Les deux hommes commandèrent deux nouveaux whiskies et gardèrent une minute de silence en l'honneur de la royauté.

— Et le collier ? demanda soudain l'inspecteur Buckingham.

— Ah oui, le collier... balbutia le Pr Nottingway. Il semblait un peu embarrassé.

— N'ont-ils pas parlé de ce collier maudit ? Car j'ai toutes les raisons de croire maintenant que cette Association des Têtes Rondes est déterminée à s'en emparer pour le restituer à la reine afin qu'elle le remette dans sa cassette et qu'il continue de lui porter malheur.

— J'ai en effet entendu deux orateurs parler d'une malédiction qui pèserait sur la famille royale et d'une pierre ou d'un bijou dont la possession serait funeste à la couronne.

— Vous souvenez-vous de ces deux orateurs ?

— Je n'ai pas retenu leurs noms. Mais je peux les décrire. Il y avait un grand jeune homme blond...

— ... et un petit homme brun et sec !

— C'est exact, inspecteur, mais comment, diable, le savez-vous ?

24

C'était une véritable cour de justice devant laquelle l'inspecteur Buckingham avait fait comparaître le lundi matin le vicomte Hannibal Chesterfield.

Il y avait, réunis dans le bureau du secrétaire privé, Charles Anson, qui remplaçait provisoirement Sir Robert Bellington, le major Ronson, le Pr Herbert Nottingway et l'inspecteur Buckingham.

Le vicomte Hannibal avait fait son entrée le menton haut et la bouche dédaigneuse.

— Que signifie cette convocation, inspecteur ? fit-il d'une voix aigre. Je m'y rends par déférence pour la reine, mais je vous prie de bien vouloir m'en exposer sur-le-champ le motif.

L'attitude arrogante du vicomte irrita l'inspecteur qui avait sur le cœur les fatigues de son voyage à l'abbaye d'En-Calcat, sans parler du jeûne qu'il avait dû observer à bord de l'avion d'Air Inter.

— Nous vous avons convoqué, monsieur le vicomte, pour que vous vous expliquiez sur certaines coïncidences qui nous amènent à vous soupçonner de complicité dans une série d'agressions.

Le vicomte Hannibal, sous le choc, resta un instant la bouche ouverte, puis se laissa choir dans un des fauteuils de cuir du bureau.

— Quelle est cette folie ! bredouilla-t-il.

Charles Anson se planta devant lui les bras croisés et la mine sévère.

— Nierez-vous, monsieur le vicomte, que vous fassiez partie d'une association subversive, dirigée contre notre reine bien-aimée ?

— Je le nie ! s'écria avec force le vicomte Hannibal.

— Et l'Association des Têtes Rondes, ça ne vous dit rien ?

Le vicomte s'agita sur son fauteuil comme si on y avait versé du poil à gratter.

— Ce n'est pas une association subversive, fit-il d'une voix plaintive. Elle a été régulièrement déclarée. Je l'ai fondée l'année dernière avec l'honorable Anthony Wedgewood Benn, membre de la Chambre des communes.

— Je me souviens parfaitement de cet excentrique, le coupa Charles Anson. Il a déposé en 1991 un projet de loi qui prévoyait la création d'un Commonwealth démocratique qui serait dirigé par un président élu pour trois ans.

— C'est exact, reconnut le vicomte Hannibal, mais je plaidais au sein de notre mouvement pour que l'on garde à la reine un rôle d'apparat.

L'inspecteur Buckingham arrêta d'un geste de la main cette controverse constitutionnelle.

— Quoi qu'il en soit, monsieur le vicomte, vous avez fondé cette association qui regroupait des opposants à notre actuel régime monarchique. Or une série de méfaits ont été commis qui semblent pouvoir être imputés à votre organisation.

L'inspecteur résuma brièvement les agressions dont avaient été victimes Janet Bellington et Marcus Campbell.

— Ces délits, conclut-il, ont été commis dans le but de s'emparer du collier de Toutânkhamon qui a disparu la semaine dernière au cours de l'inventaire annuel de la cassette royale.

Le vicomte Hannibal battit des bras comme un noyé qui se débat.

— Jamais notre association n'a poursuivi un tel but. Pourquoi l'aurait-elle fait ? C'est absurde.

— Pour restituer ce collier à la reine afin que la malédiction qui y est attachée continue de peser sur elle et sur la monarchie.

Le visage du vicomte Hannibal Chesterfield exprimait une telle stupeur que l'inspecteur Buckingham se demanda un instant si ses soupçons ne l'avaient pas dirigé vers une fausse piste. Ou alors le vicomte était un fameux comédien !

— Comment aurais-je pu savoir qu'une malédiction était attachée à ce collier ? balbutia le vicomte.

Le Pr Herbert Nottingway dirigea vers lui un doigt accusateur.

— Ne vous souvenez-vous pas, Hannibal, que je vous en avais parlé il y a quelques semaines, lorsque nous avons pris un whisky ensemble au Reform Club ?

Une nouvelle vague de stupeur passa sur le visage du vicomte.

— Je ne me rappelle absolument pas cette rencontre, Herbert, souffla-t-il. Vous pensez bien que je m'en serais souvenu.

L'inspecteur Buckingham se plaça à son tour les bras croisés devant le vicomte.

— N'aviez-vous pas, monsieur le vicomte, parmi vos invités au château de Chesterfield, samedi dernier, un certain John Goldman ou se disant tel ?

— Comment pourrais-je m'en souvenir, il y avait plus de trois cents personnes !

— Je vais vous rafraîchir la mémoire. Il s'agissait d'un grand jeune homme blond.

— Oui, intervint le Pr Nottingway, quelqu'un de très différent de vos invités petits-bourgeois.

— Je crois me souvenir en effet, murmura le vicomte, d'un garçon de ce genre. Je ne le connaissais pas. Je lui ai demandé son nom. Il me semble qu'il s'appelait Brian... Brian quelque chose.

— N'était-ce pas, demanda l'inspecteur, Brian Wilson ?

— Peut-être. Je ne sais plus.

Le Pr Nottingway bondit et attrapa le vicomte par le revers de son veston.

— Vous savez qui était ce type ! fit-il d'une voix sifflante.

— Je l'ignore. Un de mes invités, sans doute, fit le vicomte d'un air affolé.

— C'était l'homme que vous avez envoyé à l'abbaye d'En-Calcat pour essayer de s'emparer du collier que vous supposiez en possession de Sir Robert !

Le vicomte poussa un gémissement d'épouvante.

— Vous êtes devenu fou ! Je ne comprends pas un mot de ce que vous dites.

Le Pr Nottingway se retourna, l'air triomphant, vers l'inspecteur Buckingham.

— Il ne comprend pas un mot ! ricana-t-il. Il se défend de façon si stupide que cela équivaut à un aveu.

L'inspecteur Buckingham était bien près de le croire. Un détail cependant le tracassait. Comment le vicomte Hannibal aurait-il pu apprendre que Sir Robert avait confié le collier à sa sœur ?

Le tribunal improvisé se retira dans un coin du bureau pour délibérer.

L'inspecteur Buckingham revint vers le vicomte Hannibal Chesterfield avec le verdict.

— Vous avez vingt-quatre heures pour rédiger des aveux complets que vous adresserez à la reine elle-même. Sinon je laisserai Scotland Yard agir.

25

Vers la fin de la matinée, l'inspecteur Buckingham reçut un coup de téléphone du superintendant Walker de Scotland Yard.

— Votre ami Marcus Campbell vient enfin de sortir du coma. Il voudrait vous voir. Il est à l'hôpital de New Charing Cross, sous la protection permanente d'un de mes hommes, au cas où un des cambrioleurs qui l'ont attaqué voudrait effacer son témoignage de façon radicale.

— Je cours aussitôt à l'hôpital de New Charing Cross, annonça l'inspecteur Buckingham en saisissant son chapeau melon.

— Un instant, inspecteur. Pouvez-vous mieux éclairer notre lanterne ? car notre enquête piétine. Pourquoi par exemple aviez-vous envoyé deux hommes du Royal Protection Group au domicile de Marcus Campbell ? Pour le protéger ?

— Oui. Ils sont hélas arrivés trop tard.

— Pour le protéger de quoi, inspecteur ?

— D'un certain péril qui le menaçait.

— Vous m'aviez parlé d'une affaire de bijoux traitée pour le compte d'un ami de la reine. Puis-je avoir des précisions ?

— Non.

Le superintendant Walker souffla avec irritation dans l'appareil.

— Secret royal, j'imagine ? fit-il d'une voix grinçante.

— Exactement, monsieur le superintendant.

— Ce secret royal a-t-il un rapport avec ce collier égyptien que vous m'aviez demandé de rechercher dans le coffre bancaire de Marcus Campbell ?

— Je ne peux vous le dire, monsieur le superintendant, du moins pour l'instant.

— Secret royal ?

— Secret royal !

— Dans ce cas, explosa le superintendant, je fais supprimer la protection que nous assurons à Marcus Campbell à l'hôpital de New Charing Cross. Tant pis pour lui... et pour vous !

— Vous pouvez la supprimer. Elle n'est plus nécessaire.

Le superintendant Walker fit entendre un grognement furieux dans l'appareil.

— J'espère, inspecteur, que, lorsque vous aurez résolu cette énigme, prétendument couverte par le secret royal, vous daignerez tout m'expliquer.

— Certainement, monsieur le superintendant, je m'en ferai un devoir. Sous le sceau du secret, bien entendu.

— Secret royal ?

— Secret royal !

Assis sur son lit d'hôpital, une boîte de chocolat Cadbury ouverte à côté de lui, Marcus Campbell semblait en pleine forme, si l'on exceptait un hématome sur le front et des ongles horriblement noirs.

— J'ai beaucoup de choses à vous raconter ! s'exclama-t-il lorsque l'inspecteur Buckingham eut posé son chapeau melon sur la table à côté du plateau-repas que venait de terminer le collectionneur.

— Ce que j'attends de vous, rétorqua l'inspecteur, c'est la description de vos agresseurs.

— Deux hommes avaient sonné à ma porte ce mercredi fatal. Je revenais de notre entrevue au British Museum et je me défiais de tout le monde. J'ai observé ces deux hommes par la fenêtre de mon bureau au premier étage. Il y avait un grand blond et un petit brun. Je ne les connaissais pas. Je n'ai pas ouvert. Votre collègue le major Ronson m'avait annoncé quelques minutes auparavant qu'il envoyait deux de ses hommes pour me protéger. Il m'avait conseillé de n'ouvrir à personne entre-temps. Je n'ai donc pas fait entrer ces visiteurs inconnus. Ils ont alors crocheté la porte et ont pénétré dans la maison.

— Vous auriez dû, Mr Campbell, vous enfuir par une porte de derrière. S'il en existe une.

— Elle existe. C'est la porte de la cuisine qui donnait sur le jardin. Mais j'ai trouvé cette conduite peu virile et j'ai préféré affronter ces inconnus. Je me suis armé d'un tisonnier et j'ai dévalé l'escalier en l'agitant.

— J'imagine que cela a dû les impressionner.

— Peut-être, mais ils ont arrêté net mon élan en me braquant avec deux revolvers. « Lâche ton truc ! » ont-ils hurlé en chœur. J'ai pensé qu'ils voulaient parler de mon tisonnier que j'ai déposé avec calme dans le porte-parapluie. À ce moment-là j'ai dévisagé mes agresseurs et n'ai pu retenir un cri d'horreur.

— Je parie qu'ils portaient des masques de Margaret Thatcher et de Bill Clinton !

— Comment avez-vous deviné, inspecteur ?

— Parce qu'il fallait bien cela, je pense, pour vous arracher un cri d'horreur.

Marcus Campbell se passa une main sur le front comme pour effacer ces terribles images.

— Ils se sont jetés sur moi et m'ont à moitié assommé à coups de crosse de revolver. Puis ils m'ont pris sous les bras et m'ont traîné jusqu'à mon bureau au premier étage. Ils m'ont jeté un verre d'eau à la figure. Ils s'étaient permis d'aller prendre ce verre dans ma salle de bains.

— Il faut s'attendre à tout avec ce genre de gens.

— Ils m'ont couché sur le tapis. Tandis que le grand blond s'asseyait sur moi, le petit brun s'était emparé de ma main. Il avait tiré un étui d'aiguilles à coudre de sa poche.

La voix de Marcus Campbell avait baissé d'un ton.

— Les salauds ! reprit-il avec un tremblement du menton. Ils voulaient savoir le numéro de mon coffre. J'ai deviné tout de suite ce qu'ils cherchaient. J'ai hurlé : « Le collier égyptien ne s'y trouve plus ! » Ils ont ricané. Le petit brun a prélevé une aiguille dans l'étui et a saisi un de mes doigts.

— Horrible ! murmura l'inspecteur. Lorsque nous avons trouvé votre corps inanimé nous avons vu ces aiguilles sous vos ongles. Les policiers de Scotland Yard ont pensé que vous étiez tombé entre les mains de déments.

— Ces gens étaient féroces mais pas fous le moins du monde. Ils savaient très bien ce qu'ils voulaient. J'ai dû leur donner le numéro de mon coffre. Vous auriez dû entendre leurs rugissements quand ils ont constaté que le collier ne s'y trouvait pas. « Nous avons été roulés ! » s'est exclamé le grand blond, celui qui portait le masque de Margaret Thatcher. « Oui, a renchéri l'autre, c'est Robert Bellington qui l'a ! » « Il ne perd rien pour attendre, celui-là ! a grondé le petit brun, nous avons trouvé son adresse chez sa sœur. »

— Je pensais, en effet, qu'ils feraient cette déduction, murmura l'inspecteur Buckingham.

— De rage, ils m'ont frappé à coups de crosse de revolver. J'ai vu le moment où ils allaient me tuer. Je leur ai crié alors : « Le collier... C'est à Tony Brent que je l'ai confié. » « Tony Brent, on connaît pas ! a hurlé le petit brun, c'est encore une de tes fausses pistes. » Comme je répétais « Tony Brent », ils m'ont jeté dans l'escalier. Ma tête a cogné sur une marche et j'ai perdu conscience...

L'inspecteur Buckingham ne cacha pas son étonnement.

— Pourquoi aviez-vous remis le collier à Tony Brent ?

— J'avais l'impression d'être espionné. Je me suis dit que je risquais d'être agressé sur le chemin de la banque. J'ai appelé Tony. Il est venu tout de suite. Il était à l'hôtel Dorchester qui est à deux pas de chez moi. Je lui ai remis le collier. Il a filé par la porte de derrière.

— Je croyais que ce Tony Brent était un individu douteux. Un voleur d'antiquités égyptiennes en particulier.

Marcus Campbell esquissa un sourire embarrassé.

— Voleur est un bien grand mot ! Un bon tiers des antiquités égyptiennes que l'on trouve chez les marchands ou dans les salles de vente provient de vols accomplis pendant les fouilles, ou d'achats clandestins d'objets trouvés par des paysans du delta du Nil lorsqu'ils labourent leurs champs. Les acheteurs d'objets volés font fatalement partie du monde des collectionneurs. Tony Brent est un des plus honnêtes d'entre eux. J'ai une totale confiance en lui.

26

— J'ai les renseignements que vous m'aviez demandés de Toulouse au téléphone, dit le major Ronson à l'inspecteur Buckingham. Ce Brian Wilson habite au 17 Sloane Street. C'est bien le vôtre. Nous l'avons contrôlé avec le numéro de sa carte de crédit que vous aviez relevé.

— Sloane Street, murmura l'inspecteur, c'est dans le quartier de Chelsea. Un quartier chic.

— Il n'y a pas de dossier sur lui à Scotland Yard. D'après sa banque, il serait employé chez Gibson, une boutique d'antiquités et de restauration d'objets d'art, au 30 Pimlico Road.

— Hum, cette maison est connue pour vendre des antiquités douteuses, fit remarquer l'inspecteur Buckingham. Elle a été rayée il y a deux ans de la liste des fournisseurs de la reine. Peut-être, ajouta-t-il avec un sourire ironique, est-ce le dégoût des trafics de faux et de meubles truqués qui a conduit ce garçon à faire retraite dans un monastère...

— Où il n'est, d'après vous, resté qu'une journée.

— Il m'avait dit être venu là pour écouter de la musique grégorienne. Apparemment quelques chants lui ont suffi.

— Très étrange, en effet.

— N'est-ce pas ? Il est reparti le soir même. Juste après que la cellule de Robert Bellington eut été fouillée, sans doute par son complice. Un petit brun.

— Et ces mystérieux malfaiteurs n'ont évidemment pas trouvé le collier de Toutânkhamon.

— Ils ne l'ont pas trouvé, major, et pour une bonne raison. Il se trouve actuellement entre les mains de Tony Brent.

— Décidément, ce collier voyage beaucoup ! Et qui est ce Tony Brent ?

L'inspecteur Buckingham raconta au major ce que Marcus Campbell lui avait confié sur son lit d'hôpital.

— En somme, conclut-il, notre mystérieux gang doit être maintenant sur la piste de Tony Brent.

— À condition qu'ils se souviennent de ce nom que leur a jeté Marcus Campbell avant d'être assommé, fit observer le major.

— C'est un nom qu'on se rappelle facilement.

— Alors ce garçon va être à son tour en danger.

— Je l'espère bien, major. Peut-être pourrons-nous coincer ce mystérieux gang grâce à lui. Je vais l'appeler au téléphone à l'hôtel Dorchester pour le supplier de s'enfermer dans sa chambre et de n'ouvrir à personne.

— Pour plus de sûreté je vais envoyer un de nos hommes coucher cette nuit devant sa porte.

— J'irai le rejoindre un peu plus tard. Car je crois que le gang va encore une fois frapper rapidement.

— Vous n'y allez pas directement ?

— Non. Je vais passer au 17 Sloane Street. La boutique d'antiquités ferme au milieu de l'après-midi. À cette heure-ci je pense que je trouverai Brian Wilson chez lui.

— Vous allez lui causer une immense surprise, inspecteur.

— Je l'espère. Une immense surprise fait parfois avancer considérablement une enquête.

Au moment de sortir, l'inspecteur se ravisa :

— Pour plus de sûreté, major, il faudrait demander une surveillance spéciale du Dorchester à Scotland Yard. Inventez n'importe quel roman pour convaincre le superintendant Walker.

— Je lui dirai : « Service de la reine. » J'espère que cela suffira !

Brian Wilson recula en effet d'un pas en crispant les mains lorsque l'inspecteur Buckingham se présenta à sa porte en fin de soirée.

— Qui êtes-vous ? balbutia-t-il, que me voulez-vous ?

— En vérité, répondit l'inspecteur, je ne sais pas à qui j'ai affaire. S'agit-il de John Goldman ou de Brian Wilson ?

— Je m'appelle en effet Brian Wilson. Je ne sais pas à qui vous faites allusion en parlant de John Goldman.

— N'est-ce pas sous ce nom que vous vous êtes présenté à moi au cours de ce dîner à l'auberge de La Mijoule à Dourgne ? C'était avant-hier soir. Vous ne pouvez pas l'avoir oublié.

— C'est possible. Je voyage parfois sous un pseudonyme quand je vais compléter ma documentation sur le chant grégorien.

L'inspecteur Buckingham frappa violemment le battant de la porte de son chapeau melon qu'il tenait dans sa main gantée de noir.

— Ne vous moquez pas de moi, Mr Wilson ! explosa-t-il. Et cessez de vous réfugier derrière cette comédie de pseudonymes.

Brian Wilson ne cachait pas son désarroi en constatant que l'inspecteur Buckingham avait percé sa véritable identité. Il n'avait évidemment pas pensé au coup de la carte. Comme pour se donner une contenance, il se laissa tomber négligemment dans un fauteuil et en désigna un autre à l'inspecteur Buckingham.

— Et vous, qui êtes-vous, Mr Georges West ? Et comment avez-vous découvert mon adresse ?

— Au point où nous en sommes, Mr Wilson, je n'ai plus de raison de vous cacher que je suis l'inspecteur Smith, surnommé parfois inspecteur Buckingham, du Royal Protection Group. Et j'ai maintenant rassemblé suffisamment de faits concordants pour vous soupçonner de faire partie d'un gang de malfaiteurs sans scrupules. Je vois à observer votre trouble que vous ne vous attendiez pas à ce que je vous démasque si tôt.

— Démasquer ? Je ne vois pas ce que vous voulez dire.

— Alors, je vais vous mettre les points sur les i. Votre organisation criminelle, qui a pour objectif de récupérer un certain collier égyptien qui a été récemment soustrait à la cassette de la reine, s'est livrée à plusieurs agressions révoltantes contre des personnes qu'elle croyait en possession de ce bijou. Vous me suivez ?

— Je n'y comprends rien, inspecteur.

— Les différents témoignages que j'ai recueillis font allusion à deux agresseurs. Un grand blond qui vous ressemble de façon troublante. Et un petit brun qui est peut-être celui qui est venu avec vous en France par l'avion de Toulouse.

— Bon. Je ne nierai pas avoir parlé à ce garçon dans l'avion. Mais je ne le connais pas.

— Inutile de vous enfermer dans un stupide système de dénégations. Il me paraît très probable maintenant que vous faites partie d'un commando qui agit sous les ordres de l'Association des Têtes Rondes, dirigée par le vicomte Chesterfield.

— Si vous le dites, inspecteur.

— Je le dis et je me fais fort de le prouver. D'ailleurs, je vois que vous ne le niez même pas. Considérez-vous dès maintenant comme placé sous la surveillance rapprochée du Royal Protection Group.

— Je vais vivre dans l'angoisse, inspecteur, persifla Brian Wilson.

— Eh bien, à bientôt, monsieur !

L'inspecteur lui tendit sa main gantée que Brian Wilson serra sans méfiance.

L'inspecteur Buckingham se retira avec l'impression de n'avoir remporté qu'une demi-victoire. Il n'avait en fait que des coïncidences à mettre à la charge de Brian Wilson. Cependant il pensait avoir fait un pas en avant dans son enquête en ayant établi grâce à sa carte Visa la vraie identité de cet étrange personnage.

Enfin, il avait ses empreintes sur son gant et sur le couteau de l'auberge de La Mijoule. Leur comparaison lui enlèverait ses derniers doutes.

Maintenant que ce jeune matamore était identifié, il ne s'écoulerait pas longtemps avant qu'il ne soit épinglé pour de bon. Du moins était-ce la conviction de l'inspecteur Buckingham.

27

Les vingt-quatre heures de délai s'étaient écoulées et le vicomte Hannibal Chesterfield se retrouva à la fin de la soirée devant le même tribunal qui lui avait fixé cet ultimatum. Il y avait, réunis dans le bureau du secrétaire privé, Charles Anson, qui remplaçait provisoirement Sir Robert Bellington, le major Ronson et l'inspecteur Buckingham.

— Je vous félicite, monsieur le vicomte, fit solennellement Charles Anson, d'être exact à notre rendez-vous. Alors ? Reconnaissez-vous votre culpabilité ?

— Vous devriez plutôt déduire de ma présence ici, rétorqua le vicomte, que je ne suis coupable d'aucun des extravagants délits que vous m'imputez. Si cela avait été le cas, je me serais terré dans mon château de Chesterfield ou encore, je me serais enfui à l'étranger.

— Des protestations ne suffiront pas à établir votre innocence. Vous êtes pour l'instant notre suspect numéro un, fit le major Ronson d'une voix sévère.

— Et sur quoi reposent vos soupçons ? Sur les agissements d'un homme que je ne connais pas, un certain Brian Wilson, m'avez-vous dit.

L'inspecteur Buckingham serra les poings avec impatience.

— Vous savez parfaitement son nom. Vous nous l'avez dit de vous-même.

— J'avais retenu son prénom seulement quand il s'est présenté à cette réunion de notre association au château de Chesterfield.

— Et comme par hasard, reprit l'inspecteur, cet homme a été vu partout où le collier de Toutânkhamon est passé. Chez Janet Bellington, où il s'est livré avec un complice à des violences, chez Marcus Campbell qu'il a soumis à d'ignobles sévices, toujours avec le même complice, un petit brun. Enfin, je l'ai retrouvé et identifié dans la retraite monastique de Sir Robert où il a manœuvré pour s'emparer du collier. En vain, d'ailleurs, car il ne s'y trouvait pas.

Le vicomte leva les bras en signe d'impuissance.

— Je ne suis pour rien dans les agissements de ces malfaiteurs !

— Nous vous soupçonnons de les avoir commandités pour qu'ils s'emparent du collier. Nous savons tous pour quels ténébreux desseins.

Le vicomte Hannibal Chesterfield tira d'une serviette en cuir noir un cahier relié en toile rouge.

— Voici, messieurs, la liste complète des adhérents à mon association. Ils sont tous déclarés comme l'exige la loi. Vous pourrez constater que ce Brian Wilson n'y figure pas. En vérité, le jour où j'ai remarqué sa présence, car il détonnait avec notre assistance habituelle, c'était la première fois que je le voyais.

Le major Ronson fronça les sourcils d'un air hésitant.

— Je reconnais qu'il est assez troublant que ce Wilson que nous soupçonnons être votre homme de main ne figure pas sur la liste des adhérents à l'Association des Têtes Rondes.

L'inspecteur Buckingham intervint d'une voix agacée.

— J'ai interrogé hier après-midi ce Brian Wilson. Il a joué l'ignorant sur toute la ligne. J'ai été néanmoins troublé qu'il n'ait pas manifesté la moindre surprise en m'entendant prononcer votre nom.

— Je répète avec force que je n'avais jamais vu ce garçon avant qu'il ne se présente à cette réunion et que j'ignorais son nom jusqu'à ce qu'il l'énonce à ma demande.

— Pouvait-on se procurer facilement cette invitation ? demanda l'inspecteur Buckingham.

— Je n'en distribue qu'aux membres de notre association. Mais quelquefois je leur en remets une ou deux en supplément pour qu'ils en fassent profiter des sympathisants.

— C'est-à-dire de mauvais citoyens qui rêvent de renverser la monarchie ! fit le major Ronson d'une voix aigre.

— Qui rêvent de l'aménager, major, et de la rendre plus acceptable, corrigea le vicomte Hannibal.

Le subversif aristocrate croisa les bras et contempla les assistants d'un air de défi.

— Alors, messieurs, allez-vous me livrer à Scotland Yard comme vous m'en avez menacé ?

Le major Ronson se plaça en face de lui et croisa à son tour les bras d'un air tout aussi déterminé.

— Il ne nous manque plus qu'une ou deux petites preuves, monsieur le vicomte, mais vous ne perdez rien pour attendre.

Le vicomte se leva, attrapa son chapeau Eden et sa serviette et se retira, non sans faire entendre un long ricanement.

— Une ou deux petites preuves ! soupira l'inspecteur Buckingham. J'aimerais bien les découvrir avant que nous soyons obligés de remettre cette affaire entre les mains de Scotland Yard.

— Ce que la reine détesterait ! commenta Charles Anson.

L'inspecteur Buckingham sortit de sa poche le gant de cuir noir qui portait les empreintes de Brian Wilson et le couteau qu'il avait subtilisé à l'auberge de La Mijoule à En-Calcat.

— Peut-être le superintendant Walker pourrait-il consentir à comparer les empreintes que portent ces deux objets avec celles qu'il a pu relever au domicile de Marcus Campbell, notamment sur la porte du coffre-fort.

— Il le fera, répondit le major Ronson, à condition que nous lui en disions plus long sur notre enquête.

— Nous pourrions, sans trop donner de précisions, lui dire que Marcus Campbell avait reçu de la reine certains bijoux antiques pour estimation. Cela lui paraîtra vraisemblable puisque Campbell est connu comme expert et comme collectionneur. Comme il devait détenir ces bijoux plusieurs heures pour examen, nous avions détaché auprès de lui deux de nos agents du Royal Protection Group pour le protéger contre d'éventuels voleurs.

— Hum, il aura du mal à avaler cela, dit l'inspecteur en riant. Pourquoi des voleurs auraient-ils été au courant de cette expertise ? Et pourquoi la reine n'aurait-elle pas fait venir plutôt Marcus Campbell à Buckingham pour examiner ces bijoux ?

— Je pense que le superintendant se contentera de notre histoire. Ce qu'il ne supporte pas, c'est de faire pour nous des enquêtes en ne connaissant pas leur but. Je vais lui soumettre dès maintenant notre requête.

L'inspecteur Buckingham se frotta les mains avec un sourire plein d'espérance.

— S'il consent à faire cette expertise, s'écria-t-il, et si la comparaison des empreintes montre bien que Brian Wilson est l'un des agresseurs de Marcus Campbell, nous pourrons l'arrêter sans hésiter.

— Et un petit séjour en prison le convaincra rapidement de livrer le nom de son complice et de reconnaître leurs agressions contre Janet Bellington et son frère.

— Et de dénoncer le vicomte comme l'inspirateur suprême de ces ignominies !

28

Avant de se rendre à l'hôtel Dorchester pour monter la garde dans la chambre de Tony Brent, l'inspecteur Buckingham passa en éclair à son bureau pour ouvrir son courrier. Il y trouva une petite note manuscrite de la main même de la reine : « La Croix-Rouge ne semble pas avoir reçu le chèque de six cent mille livres dont vous m'avez parlé. Veuillez vous renseigner et me donner toutes explications à ce sujet. »

L'inspecteur Buckingham n'avait pas l'habitude de recevoir des correspondances directes de sa souveraine. Elle passait toujours par son secrétariat privé. Pour qu'elle ait ainsi négligé l'étiquette, il fallait qu'elle fût extrêmement émue.

L'inspecteur imaginait aisément le trouble de la reine. Que le chèque n'ait pas été encaissé signifiait que le collier n'avait pas été formellement vendu. Et qu'il n'ait pas été vendu signifiait qu'il lui appartenait encore...

L'inspecteur flairait une escroquerie dont Janet Bellington se serait rendue coupable. Le chèque était en blanc. Il lui était facile de le verser à son propre compte en banque. Peut-être était-elle aussi convenu avec Marcus Campbell de lui restituer son chèque moyennant une honnête commission. Mais alors n'aurait-elle pas prétendu, lorsque l'inspecteur l'avait découverte sans connaissance dans sa maison le mardi précédent, et ranimée à l'aide d'un double whisky, que ce chèque lui avait été volé ?

Ces mystères incitèrent l'inspecteur à rendre visite sans plus tarder à la jeune femme dans sa maison de Collier Street à Pentonville.

Lorsque l'inspecteur Buckingham frappa à la porte de Janet Bellington, la petite vieille en bonnet blanc qui l'avait interpellé de la maison voisine, lors de sa première visite, le héla d'une voix moqueuse.

— Vous avez de la chance si vous trouvez cette demoiselle chez elle à cette heure-ci !

— Pourquoi donc ? s'étonna l'inspecteur.

— Tous les soirs, elle part faire la ribouldingue Dieu sait où. Elle ne rentre qu'à l'aube ! Et dans quel état !

— Il faut l'excuser, plaida l'inspecteur, c'est une artiste.

— Drôle d'artiste ! Ça n'est pas moi qui me ferait faire mon portrait par une droguée ! J'aurais trop peur en la regardant.

Charmante voisine ! pensa l'inspecteur. C'était l'inconvénient des banlieues. On était sans cesse épié derrière les rideaux de dentelles par des vieilles dames malveillantes.

Lorsque Janet Bellington ouvrit, l'inspecteur Buckingham put constater en effet qu'elle était sur le point de sortir. Elle était vêtue d'un blouson et d'un pantalon collant en cuir noir et portait à l'épaule un sac besace en faux crocodile.

— Que me voulez-vous encore, inspecteur ? fit-elle avec impatience.

— Cette fois-ci, mademoiselle, je ne viens pas vous sortir du coma, rétorqua l'inspecteur sur un ton non moins agacé, mais vous demander des explications. Il s'agit du chèque de six cent mille livres que vous avait remis Marcus Campbell en échange du collier de Toutânkhamon. Pourquoi ne l'avez-vous pas remis à la Croix-Rouge comme la reine vous avait demandé de le faire par mon entremise ?

Janet Bellington resta quelques secondes interdite.

— Comment le savez-vous, inspecteur ?

— Figurez-vous que la reine elle-même s'en est aperçue. Sans doute a-t-elle interrogé la Croix-Rouge.

— Mon Dieu ! La reine est fâchée !

Janet Bellington porta la main à son cœur et s'effondra sur le coffre de bois sculpté qui ornait l'entrée de sa maison.

— Je ne savais pas que c'était aussi urgent, balbutia-t-elle.

— La reine tient à ce que ce versement soit accompli sur-le-champ. Qu'avez-vous fait de ce chèque ?

— Je l'ai caché dans un des livres de ma bibliothèque.

— Quelle est cette fable ! explosa l'inspecteur Buckingham.

Janet Bellington se leva de son coffre sculpté et se dirigea vers le salon où elle prit un livre dans un rayonnage.

— Tenez, inspecteur, dit-elle en tendant une enveloppe. Vérifiez, le chèque est bien là-dedans.

L'inspecteur sortit un chèque de l'enveloppe et put constater qu'il portait le nom et le numéro du compte de Marcus Campbell à la Midland Bank. La somme de six cent mille livres y était bien portée.

— Je n'y comprends rien, murmura l'inspecteur. Pourquoi avez-vous conservé ce chèque au lieu de courir le porter à la Croix-Rouge comme je vous l'avais demandé ?

Janet Bellington baissa la tête comme si elle était accablée par sa culpabilité.

— Après l'agression que j'avais subie, inspecteur, j'avais trop peur de me risquer dans les rues de Londres avec cet énorme chèque. D'autant qu'il était en blanc.

— Vous n'aviez qu'à le mettre à l'ordre de la Croix-Rouge !

— Je n'y ai pas pensé. J'avais tellement peur, inspecteur, que je comptais vous demander de me faire escorter par un de vos hommes jusqu'à la Croix-Rouge. J'ai même téléphoné vendredi dernier à votre bureau mais vous étiez parti pour la France, m'a-t-on dit.

— C'est exact, reconnut l'inspecteur Buckingham.

Il remit le chèque dans l'enveloppe et l'empocha.

— Je remettrai demain matin ce chèque à la Croix-Rouge, trancha-t-il.

— Ne serait-il pas prudent, inspecteur, que vous le mettiez dès maintenant à l'ordre de la Croix-Rouge ?

— Vous avez raison, reconnut l'inspecteur Buckingham qui procéda aussitôt à cette formalité.

Il se demanda si Janet Bellington était sincère. Avait-elle retardé la remise de ce chèque par une peur bien compréhensible, ou avait-elle médité de se l'approprier ? Mais dans ce dernier cas pourquoi avoir attendu une semaine ?

— Puis-je vous demander, mademoiselle, où je pourrais vous joindre dans la soirée si la nécessité s'en imposait ?

— Je n'ai rien à cacher, inspecteur. Je me rends à l'Annabel's.

Ce qui étonna beaucoup l'inspecteur Buckingham. L'Annabel's était un club ultra-chic que fréquentaient surtout les milliardaires et les princes royaux. Il était difficile de s'y inscrire. Que pouvait y faire une petite artiste peintre de quartier ?

29

Sur le chemin de l'hôtel Dorchester, l'inspecteur Buckingham fit arrêter la voiture de service près de la boutique d'antiquités Gibson au 30 Pimlico Road. Son projet était d'attendre que Brian Wilson en sortît. Ce qui se passa exactement à dix-sept heures trente. Brian Wilson se dirigea d'un pas pressé vers Sloane Square. L'inspecteur ordonna au chauffeur de le suivre à distance. Brian Wilson entra, au coin de King's Road, dans un pub très victorien d'aspect, le Rose and Crown. L'inspecteur Buckingham descendit de voiture et jeta un coup d'œil à l'intérieur du pub par un des petits carreaux de couleur. Brian Wilson était en conversation animée avec le barman. Un petit homme brun et sec. Il ressemblait étrangement à celui qu'il avait vu s'entretenir avec Brian Wilson dans l'avion de Toulouse. Était-ce son complice dans les agressions de Janet Bellington et de Marcus Campbell et dans la mise à sac de la cellule de Robert Bellington à l'abbaye d'En-Calat ?

Brian Wilson avalait maintenant à la hâte un verre de bière et se dirigeait vers la porte du pub. Il se retourna pour faire un geste de la main en direction du barman et sortit. L'inspecteur eut juste le temps de s'effacer derrière un grand laurier en pot. Brian Wilson s'éloigna à pas pressés.

Buckingham hésita. Allait-il entrer dans le pub et interviewer le barman comme l'envie l'en dévorait ? Mais l'homme n'allait-il pas le reconnaître ? Il lui avait jeté un bref coup d'œil dans l'avion. L'inspecteur décida de prendre le risque et entra.

— Une *bitter,* dit-il au barman.

Celui-ci le dévisagea un instant.

— Ne vous ai-je pas rencontré quelque part ? demanda-t-il avec curiosité.

— C'est possible, j'habite le quartier.

— Je ne vous ai pourtant jamais vu ici.

— J'allais jusqu'à présent au pub voisin. Mais j'ai décidé d'en changer.

— C'était peut-être au Duke of Wellington dans Eaton Terrace.

— C'est cela. Je n'aimais pas leur bière. Trop glacée comme c'est hélas la mode maintenant.

— C'est encore un méfait de l'invasion des touristes continentaux. Chez nous, heureusement, la bière est servie à température ambiante.

— Croyez bien que j'apprécie, fit l'inspecteur Buckingham avec conviction.

— Bienvenue chez nous, conclut le barman.

Soulagé de n'avoir pas été reconnu — du moins l'espérait-il — l'inspecteur se hasarda sur un terrain plus délicat.

— J'ai vu sortir tout à l'heure du pub un grand jeune homme blond. Je le rencontre souvent dans Pimlico Road. J'habite tout près dans Sloane Gardens.

— C'est Brian, répondit le barman. Il travaille dans une boutique d'antiquités du quartier. Il vient souvent boire ici. Si vous voulez je vous le présenterai. Vous intéressez-vous aux antiquités ?

— Oui. Un peu. Surtout aux antiquités égyptiennes, fit l'inspecteur Buckingham, avec prudence.

— C'est une des spécialités de sa boutique. Vous verrez. Ils ont des tas de trucs formidables.

— Je crois en effet avoir remarqué sa devanture dans Pimlico Road.

— C'est le magasin Gibson. Vous ne pouvez pas vous tromper. Il y a un sarcophage égyptien dans sa vitrine.

L'inspecteur Buckingham avala une bonne lampée de sa bière.

— Elle est à bonne température, fit-il remarquer d'une voix amène.

— C'est ce que dit aussi Brian. Nous avons tous les deux les mêmes goûts. Pour la bière comme pour le reste.

— Pour le reste ?

Le barman se pencha comme pour parler confidentiellement à l'oreille de l'inspecteur.

— Nous jouons tous les deux aux courses. Nous faisons pot commun. C'est-à-dire que nous misons ensemble.

— Sage précaution. Malheureusement ça limite les gains.

— C'est surtout les pertes que ça limite. Brian et moi nous sommes dans une mauvaise passe depuis quelques mois. Nous pensons d'ailleurs changer de journal de pronostics.

L'inspecteur Buckingham approuva de la tête.

— À mon avis, vous devriez suivre les pronostics de la BBC. Ce sont à mon avis les meilleurs.

— C'est ceux que vous suivez ?

— Assurément et je m'en félicite.

— Aimeriez-vous vous joindre à notre petit groupe, Mr... Mr ?

— Smith. John Smith... J'y penserai.

— Peut-être grâce à vous notre chance tournera-t-elle.

— Je l'espère, Mr... Mr ?

— Harry Bert, pour vous servir.

— En ce cas remettez-moi une autre bière.

Tout en sirotant sa bière, l'inspecteur aperçut à l'annulaire de la main gauche du barman une bague antique représentant une femme égyptienne coiffée d'une tiare surmontée de deux cornes à vache.

— Un cadeau de votre ami Brian ? demanda-t-il à Harry Bert en désignant la bague.

— Non, répondit le barman, c'est l'enseigne de mon Église sacrée.

— Vous êtes un protestant de rite égyptien ?

— Non. Je suis un sectateur de la déesse Isis. C'est un culte sacré qui rencontre en ce moment beaucoup de succès, comme les Témoins de Jéhovah et l'Église de Scientologie.

— La déesse Isis ! s'exclama l'inspecteur Buckingham. J'avoue n'en avoir jamais entendu parler.

Le barman montra une mine scandalisée.

— Mais c'est la mère de tous les dieux, Mr Smith ! s'écria-t-il avec ferveur. La déesse Isis était déjà adorée en Égypte il y a cinq mille ans, alors que personne n'avait encore entendu parler de Jéhovah ou d'Allah.

Il se pencha à nouveau confidentiellement vers l'inspecteur.

— Savez-vous que la Vierge Marie des chrétiens n'est qu'une copie maladroite de la déesse Isis, mère du dieu Horus qui règne sur la Terre, comme le Christ ? Mais Isis a des pouvoirs que n'a pas la Vierge Marie. On l'adora à Rome bien avant l'avènement du christianisme. Il y eut des temples d'Isis en Gaule, en Espagne et ici à Londres. Les légionnaires romains l'adoraient. Son culte fut combattu par les moines chrétiens et leur horrible Inquisition. Mais il a continué pendant des siècles d'être pratiqué en secret. Aujourd'hui il s'épanouit.

L'inspecteur Buckingham hocha la tête, impressionné.

— Êtes-vous nombreux ?

— Il y a, rien qu'à Londres, plusieurs centaines de fidèles de l'Église sacrée d'Isis. Nous nous réunissons toutes les semaines sous l'égide de notre grand prêtre dans une crypte voisine du temple romain de Mithra dans Queen Victoria Street.

— En quoi consiste ce culte ?

— Nous prions la déesse mère Isis, exactement comme les catholiques prient la Vierge Marie. À cette différence près que notre déesse à nous est beaucoup plus ancienne. Elle a donc plus de poids.

Harry Bert se concentra un instant.

— Voulez-vous que je vous récite une de nos plus belles prières ?

— Ma foi...

— Écoutez, Mr Smith, voilà ce qu'on peut appeler une vraie prière : « Ô, Isis, en moi détruis le mal. Je suis venu à toi pour contempler ta gloire. Je te vénère et je vénère le phallus d'Osiris... »

— Hum, hum, fit l'inspecteur Buckingham, légèrement choqué.

— Osiris est l'époux d'Isis. En louangeant son époux, nous nous rendons la déesse favorable. Écoutez la suite : « Salut ô toi, Isis, dans ton arche resplendissante de lumière, luisante de clarté, toi qui détiens des millions d'âmes à ta merci. Porte mes pas jusqu'aux voix secrètes des champs d'Horus, et fais que je vainque mes oppresseurs. »

— Admirable ! Admirable ! s'écria l'inspecteur Buckingham pour arrêter ce flot d'éloquence. Et je suppose que vous encensez une statue de la déesse.

— Oui. Comment le savez-vous ?

— Une intuition.

L'inspecteur se pencha pour examiner la bague que portait le barman.

— Que représente exactement cette bague ?

— Isis elle-même. Remarquez qu'elle porte sur sa coiffure des cornes de vache. La vache sacrée égyptienne est une des incarnations d'Isis. La statue que nous adorons dans notre crypte a une tête de vache.

L'inspecteur Buckingham se souvint alors que le pendentif du collier de Toutânkhamon représentait une tête de vache ou de taureau. Était-ce une représentation de la déesse Isis ? Peut-être s'agissait-il du collier que portait un des grands prêtres de son culte ?

— Je vous remercie de toutes ces intéressantes explications, dit l'inspecteur Buckingham au barman en réglant ses deux bières.

— J'espère vous revoir bientôt, Mr Smith, fit Harry Bert

avec empressement. Peut-être vous convertirai-je un jour au culte de notre bien-aimée Isis.

Le barman se débarrassa de sa veste blanche et saisit un parapluie sous le comptoir.

— Je vais d'ailleurs maintenant me rendre à une séance de ce culte. J'ai obtenu du patron un congé d'une heure. À demain peut-être. Je vous rapporterai un nœud d'Isis béni. C'est un nœud de cordelette qui porte bonheur.

En regagnant la voiture de service qui l'attendait de l'autre côté de Sloane Square, l'inspecteur Buckingham se demanda quel rapport pouvait bien exister entre cette mystérieuse secte d'Isis, son sectateur Harry Bert et le collier maudit de Toutânkhamon. Les fanatiques de la déesse n'avaient-ils pas commandité toutes ces agressions mystérieuses pour s'emparer du bijou sacré et en revêtir leur grand prêtre ?

30

L'inspecteur Buckingham estima avoir le temps de faire un saut jusqu'à l'Annabel's. Le club de nuit où devait se rendre Janet Bellington n'était qu'à deux cents mètres de l'hôtel Dorchester où il comptait monter la garde ce soir-là lui-même dans la chambre de Tony Brent.

Sur présentation de sa carte du Royal Protection Group, il put pénétrer dans le club plongé dans la pénombre. Le cerbère de la porte le suivit d'un regard peu amène. On ne semblait pas beaucoup aimer la police dans cet endroit chic. La dame du vestiaire exigea que l'inspecteur lui abandonnât son chapeau melon, à quoi il ne consentit qu'à regret. Il calcula qu'à raison d'une livre de pourboire versée aux préposés des vestiaires des clubs ou des restaurants, son chapeau lui coûtait chaque année plusieurs fois son prix d'achat. L'inspecteur était économe et cette pensée l'assombrit, tandis qu'il s'établissait au bar. Il commanda un vieux malt whisky pour se ragaillardir.

Il était à peine vingt heures et le club était presque vide. Un seul couple dansait sur la piste. Ils étaient si serrés l'un contre l'autre que l'inspecteur dut se lever et faire quelques pas vers la piste pour distinguer leurs visages. Il ne put alors retenir une exclamation de surprise. La danseuse était Janet Bellington. Et son danseur Marcus Campbell.

Le cri de surprise de l'inspecteur attira l'attention du couple qui se sépara aussitôt comme s'ils se sentaient coupables.

L'inspecteur Buckingham s'avança encore d'un pas.

— Je ne savais pas, dit-il, d'une voix où l'étonnement le disputait à l'agacement, que vous vous connaissiez de si près.

Marcus Campbell lâcha un rire gêné.

— En vérité, inspecteur, nous ne nous connaissons que depuis une demi-heure.

— Vous dansiez pourtant comme des amoureux passionnés.

Janet Bellington lança d'un coup de tête sa chevelure en arrière et montra un visage indigné.

— Êtes-vous de la police des mœurs, inspecteur ?

— Non. Du moins dans la mesure où les mœurs que j'observe ne sont pas de nature à me faire soupçonner des manigances qui pourraient nuire à la reine.

— Vous pensez que la reine pourrait être gênée parce que nous dansions *cheek to cheek !* lança la jeune femme avec arrogance.

— Il se pourrait, répliqua l'inspecteur, qu'elle trouve étrange que deux personnes mêlées de près à l'affaire de la disparition de son collier égyptien m'aient caché qu'ils se connaissent intimement.

Marcus Campbell, dont l'embarras semblait croître à vue d'œil, saisit l'inspecteur Buckingham par le bras.

— Il n'y a aucun mystère dans tout cela, inspecteur. Venez donc vous asseoir à notre table et partager notre modeste collation. Je vais en même temps éclairer votre lanterne. Vous verrez alors qu'on ne peut nous soupçonner d'une quelconque préméditation.

L'inspecteur Buckingham regarda sa montre. S'il voulait prendre de vitesse les deux agresseurs potentiels de Tony Brent, c'est-à-dire Brian Wilson et Harry Bert, il ne lui fallait pas s'attarder longtemps à l'Annabel's.

— Soit, dit-il. Mais expliquez-vous rapidement.

Janet, pressentant qu'ils désiraient rester entre quatre yeux, prétexta qu'elle devait aller refaire son maquillage et s'éloigna. Ils allèrent tous deux s'asseoir à une table en bordure de piste où un serveur vint aussitôt apporter des assiettes de dinde en gelée et une bouteille de champagne.

— Aimez-vous la dinde en gelée, ou préférez-vous du foie gras ? demanda le serveur avec componction.

— Ça m'est égal, répondit avec énergie l'inspecteur Buckingham.

Il se tourna vivement vers Marcus Campbell.

— Je vous écoute. Je n'ai malheureusement que cinq minutes.

Marcus Campbell leva les bras au ciel en prenant une mine amusée.

— Je vous assure, inspecteur, qu'il n'y a pas de quoi fouetter un chat. Il y a une demi-heure, je ne connaissais pas Janet Bellington.

— Vous l'avez donc rencontrée ici par hasard.

— Non, je l'ai invitée. Par curiosité. Vous vous souvenez sans doute que ce n'est pas moi, mais Tony Brent qui est allé chercher chez elle le fameux collier et qui lui a remis en échange le chèque de six cent mille livres que j'avais signé.

— Oui. C'était un chèque en blanc, n'est-ce pas ?

— Il l'était. Il ne l'est plus puisque vous l'avez mis au nom de la Croix-Rouge avant de le confisquer à Janet.

L'inspecteur crut remarquer qu'il n'y avait nulle trace d'acrimonie dans la voix de Marcus Campbell. Peut-être espérait-il d'une façon ou d'une autre garder le collier.

— J'étais très curieux, reprit Marcus Campbell, de connaître Janet Bellington. Tony Brent m'en avait fait une description assez séduisante. Or je me sentais un peu seul ce soir.

— Vous n'êtes pas marié ? intervint l'inspecteur Buckingham.

— Si ! Mais je suis séparé de ma femme depuis plusieurs mois.

— Alors vous avez décidé de tenter votre chance auprès de Janet.

— C'est cela. J'avais un prétexte pour l'appeler : confronter nos tristes expériences entre les mains de ces deux voyous. D'autre part, elle est artiste peintre et je suis moi-même amateur d'art... Je suis enfin membre de l'Annabel's et aucune femme ne refuse une invitation dans ce club prestigieux. De plus, il est situé à quelques mètres de chez moi, ce qui rend plus facile l'invitation du fameux dernier verre... Vous connaissez le reste, inspecteur.

— Et à peine Janet Bellington vous a-t-elle aperçu qu'elle est tombée dans vos bras.

— N'exagérez pas, inspecteur, il m'a fallu plus d'une demi-heure !

— Je ne suis pas une Marie-couche-toi-là, lança avec humeur Janet Bellington, qui était revenue des toilettes.

L'inspecteur Buckingham consulta à nouveau sa montre.

— Je suis bien forcé d'accepter vos explications, grommela-t-il.

— Vous êtes forcé d'y croire, corrigea Marcus Campbell.

L'inspecteur se leva, les salua et se dirigea, en courant presque, vers le vestiaire pour récupérer son chapeau melon.

Il sauta dans la voiture de service qui l'attendait un peu plus loin dans Berkeley Square.

— À l'hôtel Dorchester, jeta-t-il d'une voix essoufflée.

Il était perturbé. Son enquête semblait s'effilocher dans toutes les directions. Pour qui travaillait le gang Wilson-Bert ? Pour le vicomte Hannibal Chesterfield ? Pour la mystérieuse secte d'Isis ? Pour Marcus Campbell et Janet Bellington dont les agressions auraient été simulées ?

L'inspecteur Buckingham haussa les épaules. Simulées jusqu'au coma ?

Il espéra que le plan qu'il avait mis sur pied allait trancher dans ce fatras d'hypothèses.

31

Un policier du Royal Protection Group veillait à l'entrée de Dorchester, accoudé négligemment à l'une des colonnes de marbre.

L'inspecteur Buckingham s'avança sous la coupole dorée du hall en s'éventant avec son chapeau melon d'un air détaché. À deux mètres du policier, il prononça d'une voix sourde et sans le regarder :

— Rien à signaler, Jim ?

— Non, inspecteur, les personnes annoncées ne se sont pas encore présentées.

L'inspecteur Buckingham alla à pas lents jusqu'au comptoir de la réception et s'y accouda. Le réceptionniste s'approcha, l'air déférent.

— Vous désirez une chambre, sir ?

— Non. Je suis l'inspecteur Smith du Royal Protection Group.

— Le major Ronson nous a téléphoné du palais pour nous prévenir de votre venue. Nous allons immédiatement vous conduire à la chambre de Mr Tony Brent.

— Volontiers. Le major Ronson ne vous a-t-il pas laissé d'autres consignes ?

— Certainement, inspecteur. Si deux personnes viennent demander à voir Mr Tony Brent, un grand blond accompagné d'un petit brun, je dois leur indiquer sans hésiter le numéro de sa chambre.

— Après l'avoir prévenu par téléphone.

— Cela va de soi.

L'inspecteur Buckingham ressortit de l'hôtel et jeta un regard sur Park Lane.

Deux hommes adossés à des réverbères lisaient un journal avec une attention passionnée. L'inspecteur ne douta point que ce fussent les policiers envoyés par Scotland Yard à la demande du major. Un peu plus loin, au coin de South Street, étaient stationnés deux motards de la police et deux vieilles Austin noires, de vénérables monuments des premiers efforts du génie automobile. Seule la police anglaise les utilisait encore.

L'inspecteur revint au comptoir de la réception d'où il appela au téléphone le major Ronson à son domicile.

— Avez-vous eu, major, les résultats de l'analyse des empreintes ?

— Certainement. Celles qui ont été relevées dans la maison de Marcus Campbell, en particulier sur la porte du coffre-fort, sont identiques à celles que portait le gant noir avec lequel vous avez serré la main de Brian Wilson.

— Cela prouve qu'il était l'un des deux agresseurs de Marcus Campbell.

— Ce sont également les mêmes que celles que portait le couteau que vous avez rapporté de cette auberge française.

— Nous n'avons donc pas affaire à des criminels professionnels. Ceux-là ne laissent pas traîner leurs empreintes partout.

— J'ai également le sentiment que ce sont des amateurs. C'est-à-dire, à mon avis, des gens beaucoup plus dangereux que des professionnels. Prenez bien soin de vous, inspecteur !

— Je crois que l'hallali est pour ce soir. Je prendrai garde aux coups de corne de la bête encerclée.

— Bienvenue, inspecteur, fit Tony Brent en tendant la main à l'inspecteur Buckingham. Le major Ronson m'a annoncé votre visite. Il m'a recommandé aussi de n'ouvrir à personne. Je n'aime guère les mystères, mais je suis heureux de faire votre connaissance. Marcus m'a beaucoup parlé de vous ces derniers temps.

— Il se trouve en effet que je m'intéresse aussi depuis quelque temps aux antiquités égyptiennes...

Tony Brent secoua la tête d'un air entendu, puis se dirigea vers la table placée devant la fenêtre de sa chambre. Il en ouvrit le tiroir et y glissa la main.

— Voici le collier, inspecteur, dit-il en disposant le lourd bijou sur la table. Voyez et vérifiez : or et émail. Pendentif en forme de tête de vache. Absolument authentique à mon avis.

— Je l'espère bien ! s'écria l'inspecteur Buckingham, c'est le cadeau de mariage du roi Farouk à notre reine, qui n'était alors que princesse royale.

— Hum... Vous savez, le roi Farouk était capable de tout, et même d'offrir un faux à une princesse royale. Mais je suis formel. C'est bien un authentique bijou égyptien antique. Et croyez-moi, je suis un spécialiste des faux et des objets volés égyptiens. C'est d'ailleurs pourquoi Marcus a tant confiance en moi.

— Vous semblez vouloir suggérer que si ce collier n'est pas un faux, c'est peut-être un objet volé ?

— C'est certainement un objet volé ! confirma Tony Brent. Il a été sans doute soustrait par le roi Farouk au trésor de Toutânkhamon exposé au musée du Caire.

— C'est ce que nous pensions. Cependant, offrir un objet volé à une princesse royale me semble aussi répréhensible que d'offrir un objet faux. Mais comment se fait-il que la disparition de ce collier du trésor de Toutânkhamon n'ait pas été remarquée ?

— Le roi Farouk l'aura fait remplacer par un faux. Si vous me payez le voyage jusqu'au Caire, je me fais fort de le constater.

— Je crains que le Royal Protection Group n'ait pas les moyens de vous offrir ce déplacement.

— Tant pis, murmura Tony Brent d'un air songeur. Ç'aurait pu être la solution.

— La solution de quoi ?

— Oh rien ! Oublions cela. Et parlons des raisons de votre présence.

L'inspecteur Buckingham posa son chapeau melon sur un guéridon et s'installa dans un des deux grands fauteuils de cuir.

— Je suis là, dit-il, à cause du collier, bien entendu. Pouvez-vous m'expliquer pourquoi il est resté en votre possession ?

— Marcus Campbell ne tenait guère à le garder chez lui après les ennuis que ce bijou lui avait attirés. Il avait l'impression qu'on l'espionnait. Il m'a demandé de le conserver quelques jours avant de le reprendre pour l'enfermer dans son coffre, à la banque. Chez moi, le collier ne risque rien. Ni moi non plus. Personne ne sait qu'il est ici.

— Croyez-vous ?

L'inspecteur Buckingham hésita. Ne risquait-il pas de jeter une ombre sur les relations entre Brent et Campbell en révélant au premier que le second, sous la torture, avait révélé qu'il détenait le collier ? Après tout, il n'était pas sûr que les deux tortionnaires, qui voulaient surtout obtenir le numéro du coffre, aient fait grande attention à ce nom jeté comme pour faire diversion.

Toutefois l'inspecteur Buckingham espérait qu'ils s'en étaient souvenus. Tout son plan reposait sur cette hypothèse.

Le téléphone sonna. Tony Brent décrocha.

— Faites-les monter, puisque l'inspecteur vous a dit de le faire, dit-il dans l'appareil avant de raccrocher.

— Ils sont deux, dit-il à l'inspecteur Buckingham. Un grand blond et un petit brun. On leur a donné le numéro de ma chambre à la réception.

— Ce sont les agresseurs de Marcus.

— Comment savent-ils que je suis ici ? s'écria Brent, effaré.

— Pas le temps de vous expliquer. Ils vont être menaçants et vous réclamer le collier. Vous résisterez un peu puis vous le leur donnerez.

L'inspecteur se leva de son fauteuil, récupéra son chapeau melon et se dirigea vers la porte de la salle de bains.

— Nous sommes bien d'accord, Mr Brent, dit-il en ouvrant la porte. Vous faites mine de résister raisonnablement en faisant semblant d'être submergé par la peur, puis vous leur donnez le collier.

— Oui. J'espère que vous avez le feu vert de Marcus, soupira Brent.

— Je l'ai, mentit l'inspecteur. Il est décidé à prendre ce risque, bien que le collier lui appartienne maintenant. Il ne se sentira jamais en sécurité, tant que ses agresseurs n'auront pas été arrêtés et qu'on ne leur aura pas fait avouer pour quel mystérieux commanditaire ils opèrent.

— Je ferai ce que vous me demandez, dit Tony Brent d'un air résigné.

— Si les choses tournent mal, vous n'aurez qu'à crier « John ». Je vous entendrai car je vais laisser la porte de la salle de bains entrouverte. Je me porterai aussitôt à votre secours. Rassurez-vous, je suis armé.

Tony Brent ouvrit la porte et poussa un cri épouvanté. Devant lui se tenaient deux hommes à l'aspect effrayant. L'un, grand et blond, était affublé du masque de Margaret Thatcher, l'autre, petit et brun, de celui de Bill Clinton. Ils le poussèrent sans ménagement dans la chambre et refermèrent la porte derrière eux.

— Que me voulez-vous, messieurs ? balbutia Tony Brent.

Il ne faisait aucun effort pour jouer la comédie de la terreur comme le lui avait demandé l'inspecteur Buckingham.

— Nous voulons le collier ! hurla le petit brun.

— Quel collier ? Je ne porte pas de bijou, fit Tony Brent, en se donnant un air ahuri.

Le grand blond le frappa brutalement au visage.

— Le collier de Toutânkhamon, grinça-t-il, nous savons que c'est toi qui le détiens.

Tony Brent porta une main à sa joue brûlante. C'était sûr, il aurait demain un énorme hématome. Fallait-il céder tout de suite ou attendre un peu ?

L'inspecteur lui avait dit de « résister raisonnablement ». Il rassembla tout son courage.

— Je ne sais pas de quoi vous voulez parler, bredouilla-t-il.

Le grand blond se jeta sur lui et lui bloqua les bras derrière le dos. Le petit brun alluma une cigarette et l'approcha de son visage. Le sourire béat du masque de Bill Clinton acheva de terrifier Tony Brent.

— Il est dans le tiroir de la table ! gémit-il.

Le grand blond le lâcha, ouvrit le tiroir, s'empara du collier et ne fit qu'un bond jusqu'à la porte, suivi du petit brun.

L'inspecteur Buckingham était sorti de la salle de bains et arborait un sourire de triomphe.

— Eh bien, vous êtes content ! grogna Tony Brent. Ils ont le collier. Si vous ne les coincez pas, c'est une perte de six cent mille livres pour Marcus.

— Nous les coincerons, fit l'inspecteur Buckingham avec assurance. Les meilleurs limiers de Scotland Yard sont sur leurs traces.

Le piège avait fonctionné. Il suffisait maintenant d'attendre qu'il se referme !

32

Le major Ronson et le superintendant Walker attendaient l'inspecteur Buckingham sur le perron de l'hôtel Dorchester.

— Nos deux gus viennent de sortir, dit le major Ronson. Ils ont sauté sur une moto. C'est le grand qui conduisait.

— Une moto rouge, poursuivit le superintendant Walker. Leur signalement a été diffusé à toutes nos voitures. Deux de nos motards les suivent.

Le talkie-walkie que le superintendant tenait à la main grésilla. Il le porta à son oreille.

— Ils sont à Hyde Park Corner, dit-il en reposant l'appareil, ils viennent de tourner à droite dans Grosvenor Place.

— Ils se dirigent probablement vers Victoria Station, fit observer le major Ronson. Un bon endroit pour brouiller une filature.

La grande gare de l'ouest londonien était à la fois labyrinthique et surpeuplée.

Le superintendant reporta le talkie-walkie à son oreille.

— Je vais donner des ordres afin que la police de la gare s'occupe d'eux.

Il se tourna vers l'inspecteur Buckingham.

— J'espère, inspecteur, que lorsque ces gens auront été arrêtés, vous me donnerez enfin une version acceptable de toute cette histoire.

— Je vous le promets, affirma Buckingham.

— Il vous faudra tenir votre promesse, inspecteur, si vous souhaitez qu'à l'avenir nous continuions de vous apporter notre aide.

— Il n'y a pourtant guère de mystère dans cette affaire, plaida l'inspecteur. Il s'agit du vol d'un bijou appartenant à la reine.

— Vous auriez du mal à me faire croire qu'un simple vol de bijou justifie une pareille mobilisation. Ce n'est pas la première fois que des joyaux disparaissent de la cassette royale. Rappelez-vous, en 1981, un sac entier de pierres précieuses avait été escamoté, on n'a jamais su ni comment ni par qui.

— Ce que je peux vous dire, pour l'instant, monsieur le superintendant, c'est qu'il s'agit cette fois-ci d'un bijou très spécial, un collier antique égyptien.

— Je ne vois pas ce qu'il pourrait avoir de spécial.

— Il porte malheur ! La reine attribue à sa maléfique influence toutes les contrariétés familiales qui l'affectent en ce moment.

Le superintendant Walker hocha la tête, impressionné. Il était superstitieux comme tous les Anglais.

— Si ce collier qui porte malheur lui a été volé, objecta-t-il cependant, pourquoi la reine tient-elle tant à le récupérer ?

— Elle n'y tient pas du tout.

— Je ne comprends rien à votre satanée histoire !

L'inspecteur Buckingham soupira.

— Ce serait trop long à vous expliquer. Je ferai cela au calme, demain peut-être, lorsque toute l'affaire aura été éclaircie.

Le talkie-walkie grésilla.

— Où ça ? cria le superintendant dans l'appareil... à la consigne...

Il posa une main sur le talkie-walkie et se tourna vers l'inspecteur Buckingham.

— Nos deux voleurs sont à la consigne. Ils sont en train d'ouvrir un casier.

Le superintendant remit l'appareil à son oreille. Il répétait au fur et à mesure les paroles de son auxiliaire.

— Ils mettent quelque chose dans le casier... un truc enroulé dans un sac plastique... Ils referment le casier... Le grand blond met dans sa poche la clef du casier... Ils se dirigent maintenant vers la sortie de Wilton Road... Non, ils ne reprennent pas leur moto... Ils marchent à pied vers le petit square de Terminus Place... Non... Ne les arrêtez pas... Suivez-les, restez en contact.

Le superintendant prit le major Ronson et l'inspecteur Buckingham par le bras et les entraîna jusqu'à une voiture de police.

— Vite ! cria-t-il au chauffeur, à la gare Victoria... Prenez Victoria Street et foutez-vous des feux rouges.

La voiture de police démarra dans des crissements de pneus.

— Nous avons une chance de les coincer en haut de Wilton Road, à la hauteur du square de Terminus Place, marmonna le superintendant. Ils n'ont pas repris leur moto et sont à pied. C'est donc qu'ils ont rendez-vous avec quelqu'un dans le voisinage immédiat.

Le square de Terminus Place est tout petit. Juste assez grand pour accueillir le matin quelques nurses avec leur landau. Une grille l'entoure. La porte en est fermée la nuit. L'inspecteur Buckingham, le major Ronson et le superintendant Walker déambulaient tout autour, en ordre dispersé, en prenant l'air de gentlemen qui respirent un dernier bol d'air avant d'aller se coucher.

— Les voilà ! dit l'inspecteur Buckingham en croisant le major Ronson qui faisait mine pour la troisième fois de rallumer sa pipe.

Brian Wilson et Harry Bert avaient traversé Victoria Street et escaladaient maintenant les grilles du square de Terminus Place.

— Ils risquent de nous échapper, murmura le major Ronson, il vaudrait mieux les arrêter maintenant.

— Aucune chance qu'ils puissent nous glisser entre les doigts, souffla le superintendant qui s'était approché. Mes hommes entourent maintenant le square. Je veux voir ce qu'ils vont faire.

L'inspecteur Buckingham approuva silencieusement.

— Il fait bien noir, objecta encore le major Ronson.

— Heureusement, j'ai emporté ça, dit le superintendant en tirant de dessous son manteau une paire de jumelles. Ce sont des jumelles à infrarouge. Avec elle, j'y vois comme en plein jour.

Il porta l'appareil à ses yeux et recommença ses commentaires hachés.

— Ils se dirigent vers un arbre. Ils tâtent le tronc... Je vois une fente noire verticale sur le tronc... Une crevasse... Le grand blond tire quelque chose de sa poche... Il le glisse dans la crevasse... Maintenant ils reviennent vers nous.

Le superintendant lâcha ses jumelles et porta à ses lèvres un sifflet dont il tira un coup strident.

Une armée d'ombres surgit aussitôt des murs, sauta les grilles et entoura Brian Wilson et Harry Bert.

L'inspecteur Buckingham entendit claquer les menottes.

Le major Ronson avait plongé sa main dans la crevasse. Il en retira une clef plate.

— C'est une clef de la consigne, dit le superintendant. Nous n'avons plus qu'à aller ouvrir le casier et à récupérer le collier.

— Tout à fait d'accord, opina le major Ronson.

— Non, dit l'inspecteur Buckingham. Il faut laisser la clef en place et nos hommes postés dans l'ombre. Je veux découvrir qui va venir prendre cette clef. Selon toute probabilité, c'est cet homme qui a monté cette série de machinations criminelles pour mettre la main sur le collier.

— À votre aise, fit le superintendant d'une voix aigre. Nous allons nous geler les pieds pour pas grand-chose. À mon avis, ces deux types interrogés avec nos méthodes spéciales nous auraient vite donné son nom.

— Je n'en doute pas, dit l'inspecteur Buckingham, lui-même ancien de Scotland Yard et qui se souvenait avec un peu de gêne de certains interrogatoires musclés auxquels il avait assisté. Mais deux sûretés valent mieux qu'une.

— Vous avez raison, inspecteur, dit le major Ronson en rallumant encore une fois sa pipe.

Au bout de vingt minutes, le superintendant Walker n'y tint plus.

— Libre à vous d'attendre un mystérieux criminel, par ce temps glacé de novembre. Je vais aller prendre quelque chose de chaud à la cafétéria de la gare. Rejoignez-moi avec votre prise. J'aurai plaisir à vous offrir un grog à tous les trois.

— Lâcheur ! grogna l'inspecteur Buckingham.

Il était lui-même de méchante humeur. Rien de plus démoralisant que d'attendre, presque immobile, dans l'humidité d'une nuit de novembre londonienne. Une petite bruine s'était mise à tomber, ce qui ne valait rien pour son chapeau melon.

— Je ne suis pas un lâcheur, protesta le superintendant. Mes hommes sont toujours en place, prêts à bondir au moindre signe que vous leur ferez.

Il y avait maintenant près d'une heure que l'inspecteur et le major faisaient à pas lents le tour du square de Terminal Place. Des visions de grogs fumants commençaient à s'emparer de leur esprit.

— Il est presque minuit, souffla le major. Allons-nous attendre toute la nuit ?

L'inspecteur Buckingham haussa le menton.

— Il me semble, major, qu'il nous serait difficile de déserter alors que cinq ou six policiers de Scotland Yard resteraient à veiller, cachés dans des encoignures de porte.

Il avait à peine fini d'exprimer ces nobles sentiments qu'une voiture noire stoppa devant le square à un emplacement interdit.

— Ce type ne respecte pas les règlements de circulation ! fit observer le major d'une voix sévère.

La porte de la voiture s'ouvrit et un homme enveloppé dans un manteau noir en jaillit, sauta la grille et courut jusqu'à l'arbre où Brian Wilson avait caché la clef. Il plongea la main dans la crevasse et en extirpa la clef. Il courut à la voiture mais, sur un coup de sifflet de l'inspecteur Buckingham, quatre policiers jaillirent de l'obscurité et on entendit à nouveau claquer les menottes.

L'inspecteur Buckingham s'approcha et, s'emparant de la torche électrique de l'un des policiers, en dirigea le rayon sur le visage de l'homme.

— *My God !* s'écria l'inspecteur Buckingham avec un recul si brusque que son chapeau melon se mit de travers.

— Damnation ! s'exclama le major qui avait couru derrière lui.

— Eh oui, c'est moi, messieurs, dit simplement le Pr Herbert Nottingway.

33

— C'est une bien triste histoire, soupira Charles Anson.

Il avait réuni dans son bureau Janet Bellington, Marcus Campbell, le vicomte Hannibal Chesterfield, le major Ronson et l'inspecteur Buckingham.

— J'aimerais vous présenter des excuses, monsieur le vicomte, dit l'inspecteur Buckingham, bien que vous ne ressortiez pas blanc comme neige de toute cette aventure.

— Vous avez pu constater, fit le vicomte Hannibal Chesterfield d'une voix aigre, que je ne suis pour rien dans la disparition de ce collier et dans les crimes commis.

— Certes, vous êtes innocent de ces méfaits, mais vous vous êtes révélé comme un ennemi de la royauté, ce qui est peut-être pire.

Charles Anson éleva une main apaisante.

— Pas de discussion constitutionnelle, messieurs, ce n'est pas le moment. Je vous ai tous convoqués pour vous entendre afin de faire mon rapport à la reine.

Il se tourna vers l'inspecteur Buckingham.

— Pour quel motif notre estimé archéologue, le Pr Nottingway, s'est-il lancé dans une carrière criminelle ?

— Il n'y a guère de mystère, hélas, sur ce triste dénouement, répondit l'inspecteur. Le professeur avait été mis par nous — imprudemment peut-être — au courant de la disparition du collier. Il a déduit de certaines questions que lui avait posées Sir Robert que celui-ci avait dû remettre le collier à sa sœur Janet. Le professeur n'ignorait pas la fantastique valeur du collier de Toutânkhamon. Comme nous l'a avoué Brian Wilson au cours de son interrogatoire cette nuit, le Pr Nottingway avait contacté, par l'entremise de l'antiquaire Gibson pour qui il faisait de fausses expertises, de riches amateurs américains prêts à payer des fortunes pour la possession de cette pièce rare. Même s'ils devaient se résigner à garder leur acquisition secrète.

— Qu'entendez-vous par de fausses expertises ? s'enquit Charles Anson.

— Il déclarait faux des objets vrais que détenaient certains clients de l'antiquaire, lequel les leur rachetait à bon compte.

— Quelle forfaiture ! L'archéologue du palais !

— Le Pr Nottingway, reprit l'inspecteur, s'assura la complicité de Brian Wilson moyennant une forte commission. Brian Wilson recruta de l'aide en la personne de Harry Bert, son copain de bar, avec lequel il jouait aux courses et qui lui devait pas mal d'argent. Croyant d'abord que Mrs Mac Lohan savait qui possédait le collier, ils lui tendirent une embuscade où elle fut terriblement molestée. Puis ils se retournèrent contre Janet Bellington.

— Et moi ? glapit le vicomte. Qu'est-ce que je suis venu faire là-dedans ?

— Ça, proclama l'inspecteur Buckingham, c'est une ruse du professeur. Il s'est arrangé pour que je l'envoie assister en observateur à votre réunion de l'Association des Têtes Rondes. Il m'en a rapporté de fausses informations sur vos intentions concernant un mystérieux bijou qui porterait malheur à la reine.

— Ah ! Le salaud ! s'écria le vicomte.

— Pour mieux vous compromettre encore, il a envoyé à cette cérémonie son complice Brian Wilson en lui demandant de se faire remarquer. Vous avez donné dans le panneau.

Le vicomte fit un geste d'indignation.

— S'il avait été mon complice, je ne vous aurais pas donné son signalement et même son nom.

— C'est ce que je me suis dit, en effet, mais j'ai été néanmoins troublé. Le professeur avait prétendu, entre autres, qu'un grand blond et un petit brun avaient pris la parole à cette réunion pour parler d'un bijou maudit qui portait malheur à la reine. Et Brian Wilson ne m'a pas fait mystère de sa prétendue appartenance à l'Association des Têtes Rondes au cours de notre dîner à Dourgne.

Charles Anson hocha la tête et plissa les lèvres.

— J'ai du mal à croire que le Pr Nottingway ait pu monter une aussi révoltante machination.

— Vous oubliez, monsieur le secrétaire privé...

— ... par intérim... par intérim...

— ... que des amateurs sont prêts à payer ce collier six cent mille livres et peut-être plus. Le plus honnête des archéologues peut avoir la tête tournée par une pareille somme.

Marcus Campbell leva le doigt.

— Six cent mille livres, c'est exactement la somme que j'ai payée. Je pense donc que le collier devrait me revenir.

L'inspecteur Buckingham fit la grimace.

— Cela serait tout à fait immoral. C'était un collier volé et vous vous en doutiez.

— L'argent a été versé à la Croix-Rouge comme l'a demandé la reine. Tout est en règle, rétorqua le collectionneur.

L'inspecteur Buckingham soupira une nouvelle fois.

— Malheureusement pour vous nous avons choisi une autre solution. C'est votre ami Tony Brent qui me l'a involontairement suggérée hier. La voici : la reine restituerait solennellement au musée du Caire le collier qu'y avait dérobé pour elle le roi Farouk. Ce geste suscitera l'enthousiasme en Égypte et la reine, débarrassée de la propriété du collier, sera par la même occasion délivrée de la malédiction du pharaon. Il faudra bien entendu que Tony Brent se rende au Caire pour faire constater que le collier qui figure actuellement au musée est un faux. La reine est d'accord sur tout ce processus.

— Et mes six cent mille livres, qui me les remboursera ? s'exclama, indigné, Marcus Campbell.

L'inspecteur Buckingham sortit de sa poche un morceau de papier.

— Voici votre chèque, dit-il. Figurez-vous que je n'avais pas eu le temps de le porter à la Croix-Rouge. J'ai eu tant à faire ces derniers jours.

— Vous auriez pu le porter, fit observer avec sévérité le major Ronson.

L'inspecteur Buckingham se balança d'une jambe sur l'autre d'un air embarrassé.

— Voyez-vous, major, quand il s'agit d'une somme aussi importante, il n'est pas mauvais, parfois, d'attendre un peu. Et puis Mr Campbell a été assez sévèrement puni par la Providence. Il a encore les ongles noirs.

L'inspecteur tendit le chèque à Marcus Campbell.

— Je vous laisse le soin, Mr Campbell, de le déchirer vous-même.

Le collectionneur prit le chèque et, après un moment d'hésitation, le déchira.

— Gardez donc votre collier, grogna-t-il. Je commence à croire qu'il est réellement maudit.

L'inspecteur Buckingham tira de sa serviette le collier de Toutânkhamon et le déposa sur le bureau de Charles Anson.

— Je crois, monsieur le secrétaire privé par intérim, fit-il d'une voix grave, qu'il ne reste plus qu'à appeler l'ambassade d'Égypte.

CET OUVRAGE A ÉTÉ REPRODUIT
ET ACHEVÉ D'IMPRIMER SUR ROTO-PAGE
PAR L'IMPRIMERIE FLOCH À MAYENNE
EN AVRIL 1995

Éditions du Rocher
28, rue Comte-Félix-Gastaldi
Monaco

Dépôt légal : avril 1995.
N° d'édition : CNE section commerce et industrie
Monaco 19023.
N° d'impression : 37597.

Imprimé en France